250

われに、250ヤードを

坊城　浩

鳥影社

もくじ

装幀／川手マサキ

250

われに、250ヤードを

幸福になる方法は、自分で実験してみなければ分からない。

——ジークムント・フロイト

プロローグ

三月初めの朝五時は、まだ暗い。漆黒の闇がよどんでいる。

わたしはプリウスのエンジンをONにすると、老人性乱視にはこのうえなくありがたい明るいヘッドランプで闇を掻き分け、菜の花団地を抜けて、千葉北インターへ向かう。この新型プリウスはリッター当たり二二キロ以上走るハイブリッド車だが、きのう、まだ半分以上残っているガソリンタンクを満タンにしておいた。会場の恋之坂カントリークラブまで往復二二〇キロあまり。計算では一〇リットルあれば充分なのだが、事故で渋滞に巻き込まれてもガス欠にならぬよう、こうしておかないと落ちつかないタチなのだ。

京葉道路は順調にながれ、大型トラックの間をぬって、自営業のバンがすさまじい速さで飛ばしてゆく。バタバタ、バタバタ、めんどりを追いかけるオンドリのようなハンドルさばき。四十数年まえの自分もあゝだったから文句をいえた義理ではないが、「ふとどき者め！」と口の中で怒《ど》ついて、やり過ごす。

それにしても、後方から突きささる上向きのライトがフェンダーミラーに反射してまぶしい。ハンドルを握りながら、わたしは「朝メシはどうしようか？」と考えている。

——いつもはクラブハウスの食堂の「おにぎり定食」にするのだが、これがわたしのゴルフのリズムを狂わせているのではないか。食休みもせずに練習場へ行き、胃がおにぎりも味噌汁も消化しないうちにティ・オフするのは（やっぱり）良くないのではないか。最初のティショットでミスするのはそれが原因ではないか。そうだ。きょうはコンビニで腹ごしらえしてゆこう。いい結果が出るかもしれない——

というわけで、市川インターを降りると、街道沿いのセブンイレブンにプリウスを止める。外はまだ薄暗い五時半だというのに、店内には若い職人らしき仕事着姿が二、三あって、棚のパック入りの弁当を見つくろっている。

わたしは、おにぎり二つに、おでん（厚揚げとソーセージ巻き、汁たっぷり）、それと熱いお茶を買い、駐車場のプリウスにもぐりこむ。運転席は窮屈で、此処は食事をする場所ではないな、とあらためて納得する。汁をこぼさぬように注意しながら食べる。けっこう旨い。おでんの熱い汁が胃をいたく刺激する。しかしふだんの朝食は八時過ぎだから、胃が戸惑っているのだろうか、どこか、もたれ感がある。

「かえって体のリズムを狂わせたかも、」

ガソリンを満タンにしておくなど用意周到なわりに、わたしは思いつきで行動するところがあって、しかもそのたびに後悔する。根はいたって臆病なくせに、好奇心を抑えられない破滅型のチンパンジー、それも老いぼれて頭頂がすっかり禿げ、口ひげが白くなったのを想像していただければよい。

「まあ、本日の結果次第だな……」

そこから五分も走ると、安宅オサムさんの住む市川市八幡のマンションに着く。地元のプロゴルファーMが住んでいるという五階建ての高級マンションだ。

安宅さんは広告会社の元上司で、ゴルフの先輩であり、かつ、ライバルでもあった。すでに後期高齢者となり、かつてのゴルフは見る影もないが、鷲の台カントリークラブのメンバー当時は月に二度三度はハーフ30台を出していた実力者だ。唯一残された片鱗は二〇〇ヤードを越えるティショットで、いまでもそれが思いがけず連発する日がある。だがその先がまったく駄目で、二〇ヤードの寄せをダフるか、トップしてしまう。

「どうしたんですかねえ。昔は8番アイアンで魔法みたいに（ぴたぴた）ピンに寄っていたじゃありませんか」

我が子の死を目前にした父親のように悄然とグリーン際に立ち尽くす安宅さんを見て

――自分だってたいした違いはないくせに――わたしは同情する。

「この齢になると、まいにちカラダがしぼんでゆくのがわかるんだ。集中力もいっしょにしぼんでいるのかなあ、」と情けない声が返ってくる。

安宅さんをピックアップする頃は、もう明るい。

自家用車でにぎわいはじめた千葉街道を抜け、松戸・市川道路から（もっか）建設中の外環状線の下に入り込み、南三郷インターから本線に乗る。快適な流れの二車線を時速百キロペースで約三十分走って、関越道に合流、練馬インターを通り抜けて、あとは真ん中の車線を（のんびりと）時速百キロで左右の車に追い抜かれながら行く。それ以上飛ばすと、どういうわけか、助手席の安宅さんの表情が固くなるのだ。

その間、ふたりはこのひと月に貯まった四方山ばなしをする。たいていが駄目な株と駄目な政治家と、駄目になりかかった広告会社と、結婚も子づくりもせぬ駄目な子どもたちと、ダメな馬券と、鬼籍に入った――あるいは入りかけている――知人、同僚の話題ばかり。ゴルフの話はこれっぽっちも出ない。

だが、両人とも心の中では、「きょうこそは、」と張り切っている。新しいショット、新しいクラブ、新しいボール、あるいは昨晩ひらめいた新しいコース・マネージメントで何かが起こらないか、と密かに期待している。それよりなにより、出口の鳩ヶ島インターに近づくにつれ、「俺がこんなヘボゴルファーであるはずはない」というプライドが、熔鉱炉の残滓のように（ふつふつと）ふたりの胸を焦がしはじめる。

コースに着くと、わたしはさっそくドライビングレンジへ向かう。

きょうは朝食をとる時間を練習にまわせるから、マスター室でコイン——一枚でボール三十個——を二枚もらう。家からコースまでほぼ二時間。長時間の運転姿勢がスイングに良い影響を与えるわけがない。だからスコアがまとまらない。このハンデを解消するのはプレーまえの練習しかない。大会に来るたびにそう考え、パターの練習を抜きにしても、こうしてショットの練習にいそしむのだ。

それにしても、わたしには不思議でならないことが一つある。「練習なんて疲れるだけじゃないか、」とせせら笑う連中ほど、なぜかゴルフが巧いように感じられて仕方ない。とくにわたしより高齢の、つまり安宅さんのような七十過ぎの先輩たちにこの傾向が強い。「おれは練習場になんか行ったことがない。最初からコースでプレーしたよ」「だいいち我々の時代は練習場がなかったもンねえ、」と笑うゴルファーだ。そうだろう。彼らの時代の練習場といえば、よくて神宮球場や後楽園球場のスタンドだったのだから。

恋之坂カントリークラブ・麦山コース・一番ホール。なだらかに下る広いフェアウエイ。左右は林に囲まれた下り斜面だが、緊張を強いるほどではない。きょう一日こころゆくまでゴルフをお楽しみでくださいな、そういってプレーヤーを優しく出迎える、じつに平和なパー4だ。

少なくとも、かつてのわたしにはそうだった。しかし、いまはそうではない。ティアップしたとたんにフェアウエイは狭い馬の背に化け、左右のトラブルゾーンが牙をむいて迫ってくる。そして案の定、コイン二つもボールを打ち、しっかり準備してきたのに、練習場でのスイングは再現できず、打球は無残に左の松林に突っ込んでゆく。

二番ホール。

「ぜったい右には打たないでください。となりのホールから崖を打ち上げるのはたいへんですから」と、キャディが警告する癖のあるホール。やや打ち上げ。その先は平坦だが、距離もあってアマチュアには難しいパー4だ。とはいえ左サイドは受け斜面で、そこに打ち込めば（とくに冬場は）ボールはフェアウエイに転がりもどってくる。まあ、ボギーを覚悟すれば、どうということはないホール。

少なくとも、かつてのわたしにはそうだった。しかし、いまはそうでない。先々月は抜けると思った林の梢に当たってボールは右に撥ね、先月は意識しすぎてチョロだった。きょうは思い切り左のガケにエイムしたのに、なぜかプッシュアウトし、ボールは雄叫びをあげながら右の樫の木を越えてゆく。

三番ホール。

まっ平らのパー5。フェアウエイは広く、甲子園のバッターボックスに立ってティショットするようなもの。目をつぶってドライバーを振ってもボールはフェアウエイか、悪くたってラフだ。第二打をスプーンで軽くさばき。第三打、残り一〇〇ヤードを（ピッチングウエッジで）どこまで寄せるかが、パーとバーディの分かれ目。

少なくとも、かつてのわたしはそうできた。しかし、最近はそうはいかない。きょうはまぐれでドライバーがまっすぐ飛んだが、二打目のスプーンをトップ気味に右に打ち出し、ボールは斜面の桜の木の根っこ。第三打はフェアウエイに戻すだけ。しかもそのトラブルショットをダフって、四打目は深いラフから5番アイアンのショット。これが快心の当たりで「ナイスオン！」とほくそ笑んだが、結果はグリーンに届かずバンカーの縁。手馴れたサンドウエッジを上手にさばき、キャディが思わず拍手するようなダイナマイトショットでピン五メートルに寄せたものの、そこから3パット。

もう、キリがないからやめておこう。

「かつて」とは、むろん二十数年まえのことだが、わたしの心中にある「かつて」は「きのう」のことだ。ゴルフと苦楽をともにしたことのない人には信じ難いだろうが、ゴルフには十数年まえのプレーを「きのう」のプレーの如くに思わせる——じつに初恋に似た——魔力が潜んでいるのだ。

結局、きょうのわたしのゴルフは、アウト51、イン50のトータル101だった。安宅さんはアウト53、イン48の、こちらも101でホールアウト。両人ともにこのコンペのハンデキャップは10だから、下から数えたほうが早い順位で終わった。帰りのプリウスの車内で交わされる会話はこれもいつもどおり。

「なぜだ?」

「どういうわけでこうなるんでしょう?」からはじまり、

「恋之坂は難しいのですかねえ」

「そんなはずはないのになあ」と、いっとき互いの華々しかったゴルフ歴を振り返り、

「やっぱり齢ですかね」

「八十歳までゴルフができれば、まあそれでいいか……」

と、ごく投げやりに締めくくられるはずだった。

だが、きょうは続きがあった。

初参加、初優勝した吉良のゴルフに話題が移ったのだ。

「かれは妹尾ちゃんより若いのかい？」

「いや。同い齢です。昭和十七年生まれですから」

吉良は会社の同僚で、同じコピーライターだった。知識と学力は豊富にある――なにしろ東大出で英会話ができた――が、やたら理屈っぽく、クリエーターとしては発想におおらかな飛躍のない男だった。そのうえ、他人の書いたコピーをむやみに批判する癖があって、誰からも敬遠されていた。

某酒造会社攻略のための企画会議の席だった。福岡くんという新入社員が（大胆にも）女性をターゲットに定め、原稿用紙に書いてきたウイスキーキャンペーンのコピーを、吉良が頭ごなしにけなした。

「きみは、いまアメリカで社会問題になっているキッチンドリンカーを知らんのか。女性に酒を売ろうなんて、非常識にもほどがある。スポンサーが認めるわけがないだろう、バカ、アホウ、トンマ、まぬけ、オタンコナス、コピーライター失格だ！」

わたしはカッとなった。

「バカとはなんだ。オタンコナスとは。ことばを慎め！」

「そのとおりなんだから、仕方なかろうが！」

福岡くんはボー然として突っ立っている。次の瞬間、わたしは吉良の胸にナイフを思いきり投げつけていた。

「自分の書いたコピーをテーブルに出さん人間は、発言するな！」

三十歳。わたしはたまたま広告制作者に与えられる最高賞を獲ったころで、仕事は実力の世界だ、とすこしばかり天狗になっていた。「者」でもなく「奴」でもない、「人間」と相手を丸裸にしたような言葉づかいをしてしまったのもそのせいだ。狭い会議室が冷凍庫になったように凍りつく。みんなの視線が吉良に集中する。吉良はわたしをにらみつけ、ひとことも発せず、キツネ顔にキツネみたいな薄ら笑いを残して席を立った。

「しかし飛ばすねえ、かれは」

「そんなに飛びますか？」

「私のホンイチ（本日一番）より、二〇ヤードは先に行ってたからねえ」

「じゃあ、二二〇ヤードは飛んでいますよ」

「アイアンも巧いしさ」

「きょうはニアピン賞をぜんぶ持って行きましたもんね」

「昔から、あんなに巧かったのかい？」

「いや、ヘボでした」

「部のコンペに出たときは、120は叩いていました。自尊心の強い男で、二、三回参加しただけでコンペに顔を出さなくなりました」

「じゃあ、どこで巧くなったんだろう？　グロス80は半端じゃないよ」

「ハンパじゃありません」

「そういえば……」と、安宅さんが掌を打った。巨大な水門のような練馬料金所の手前だ。

「かれは、二年間ほど、ロス支局に駐在していなかったか？　アメリカの広告情報を集めるとかの名目で。四十になるか、ならん頃だ。大きな広告主も担当していないし、ほかに英語のできるのもいないから、やっちゃえ、ということで。私は書類にハンコをついた覚えがあるよ」

「そのロス時代かも……」

うなずきつつ、わたしはハンドルを握る手に力が入るのがわかった。安宅さんが気をつかって話題にしなかったが、きょうのコンペで不愉快な事件があったのだ。

五番ホールのパー4で三組のパーティが渋滞したときだ。ティショットを右にプッシュして松林に打ち込んだわたしを、二組うしろでまわっていた吉良が大声で笑い、仕事にかこつけてあざけった。

「ウワッハッハッハ。コピーを書くみたいにいかないねえ、妹尾ちゃん」

「スイングのコンセプトがまったく見えないよ」

「それじゃあ、競合（コンペ）には勝てないぜ。ウワッハッハッハ」

つられてみんなが笑った。いっしょに笑い飛ばせばよいことだった。だが、わたしの脳裏には三十数年まえのタバコに煙った会議室が生々しく浮かんできた。あのとき吉良に投げつけたナイフが投げ返された、そんな気がした。それが、まだ胸の真ん中に突き刺さっている。

「こしゃくなキツネ目野郎！」

ズキン、ズキン。痛みとともに傷口から敵愾心が噴き出てくる。

「オオッ、どうした！」

はげしいタイヤの軋みに、安宅さんの悲鳴がからみつく。プリウスは関越から外環状に入る急カーブを時速百キロで突っ込んでいた。

「いや、……すいませんでした」

それにしても記憶とは妙なもんだ。

あの日の会議室は禁煙だったのに（もうもうと）煙っていたし、ノンスモーカーのはずだったのに、吉良の怒声には強烈なヤニの匂いが混じっていた。ときに記憶は自己増殖し、実際あった現実よりも過激な現実をつくり出すらしい。

わたしは今、安宅さんとふたりでプリウスの中にいる。
いるはずだが……。
はたして、これは現実か？
変容した現実ではなかろうか？
「ところで、安宅さん」
不安に駆られ、取り立てて話題もないのに、わたしは助手席に声をかけていた。

第一章　出会い

初めての道を十五分も走ったろうか。

右も左も土くれだけの畑の街道を右折し、まだ蕾のつかない花畑を抜けると、林の中にその新設のゴルフ練習場はあった。マンサクと色濃い彼岸桜が杉木立を背景に匂うように咲いている。ショートホールばかりだが、九ホールのコースが併設された、打ちっ放し・百打席という大きな練習場だ。

「二階は100番打席しか空いてませんが、そこでもいいっすか？」

受付は小柄で小太りの無愛想な中年男だ。不幸にも、おろし立てのダークレッドの制服（ジャケット）がまるで似合っていない。

「すぐできるなら、どこでもいいよ、」

明るく答え、キャディバッグをかつぐ肩を入れ替えて二階へ向かう。

わたしは練習場の打席は二階と決めていた。これは、四十年まえゴルフをはじめたとき、先輩から受けた最初の手ほどきだ。一階打席はスイングの結果（打球）を見たくてヘッドアップしやすい。二階ならばそれがない。しかもたいていの練習場は二階打席の方が割安にできているからね、先輩はそういって、にっこり笑った。この練習場も、練習カード一枚で——一階は百六十発とボールの数が定められているが——二階は《一〇〇分間・打ち放題》と、シニア向けの特別料金が設けられている。

「一〇〇分あると、二百五十発は打てます。疲れたらアプローチの練習をすればいいんです。それだけで軽く百発はいきます。ぜったいトクですよ」このコースを紹介してくれた隣家のトクモトさんの自慢ばなしを思い出しつつ、急な階段を昇る。

早春の陽射しの中に、緑の芝がひろがる。

奥に向かってゆるい上り傾斜がつづき、途中に〔200〕、〔230〕の看板が立っている。単位はヤードだろう。その先に高いネットが張られ、中ほどに〔250〕と書かれた数字が「打てるなら、ここまで打ってみな、」といわんばかりに貼りついている。

指定された100番打席は、いちばん右端にあった。

目の前に、全身を映し出す鏡がある。設備投資をケチったのだろう、映った顔がへんに歪んでいる。ちょっと窮屈な感じがするが、いい機会だ、きょうはこの鏡でおのれのスイングを確かめながら練習しよう。

そして打席に入るまえに、いつものように準備運動をする。小学生のときに覚えたラジオ体操第一と第二をごちゃ混ぜにした適当なやつだが、その程度の体操ですら実行するゴルファーは百人に二人といない。そのせいか、わたしは周囲の目を惹くらしく、「目障りだ、打席でやらず他所でやってくれ……」と、うしろの客に小言をいわれたことがある。

それから自動販売機でポカリスエットを一本買い、ひと口飲む。これもわたしの練習場でのルーチンのひとつ。齢とともに干涸らびてゆく筋肉に、あまねく水分を行き渡らせるための処方箋だ。あとは一心不乱に打ちつづける。ほとんど休まない。

土筆がひょいと芽を出すように、ボールが穴から出てくる。その都度、前の鏡でボールとグリップとトップの位置を確かめ、おもむろにスイングする。こころなしか、きょうは調子がよい。５番アイアンでショットした球が〔１５０〕のピンめがけて気持ちよく飛んでゆく。フィニッシュをしっかり取り、フォームを鏡に映して点検する。惚れ惚れするほどではないが、悪くはない。それなりに美しい。

——と、
そのフォームを見ているのが自分ひとりでないことに、わたしは気づいた。

すぐうしろの打席の男が、手を休めてわたしのフィニッシュを見ている。ショットの素晴らしさに感心しているのだろうと思った。だが、そうではないらしい。鏡に映った男の視線には賞賛の色もなければ、嫉妬の熱もない。じつにクールな、油断のない、医師が患者を診るような目つきだ。

年齢はよくわからない。一見したところ四十がらみ。

ファッションはわたし好みのペパーミントグリーンでまとめている。背丈も体つきもいっしょ。大きな違いは髪の毛の量で、わたしは衣かつぎ同然のみすぼらしさだが、男は昭和四十年代の若者たちの間で流行った——つまり若かりし頃、わたしがこよなく愛していた——ロングヘアーそのままだ。

気にすまいと思ったが、なぜかショットがおかしくなる。芯に当たらなくなる。鏡にシッティングダウンのカタチを何度もつくり、筋肉に染み込ませて打ち直すが、またハーフトップだ。そのミスショットを男が（じっと）見つめている。笑うでもない。嘲るでもない。さっきと同じ医師のまなざし。

失敬な男だ。しかし文句をいうわけにもいかない。しかたないから、わたしは練習をやめてポカリスエットを手にする。

男は恥じ入る風もなく、わたしに会釈すると、ゴムのティーに載ったボールをアイアンのクラブヘッドでマットに転がした。じつに慣れた手つき。そしていちばん遠くにある砲台グリーンのピンに向かってエイムした。さあ、お手並み拝見だぞ。わたしは冷たいポカリスエットを飲みながら――むろん意趣返しあらわに――男をにらみつける。

男の打球は空高く舞い上がると、こころもちフェードしながらピンの手前、一〇ヤードほどに落ちて弾んだ。力みも、無理もない、じつに自然なスイングだった。二球目は、ほぼピンの真横に落下した。目測ではグリーンエッジまでが一七〇ヤード、ピンまでは一八五ヤードだ。

（やるじゃないの、）

わたしはいまどき珍しい男のワッグルを見つめながら、胸の中でつぶやく。

（でも、まぐれだろうさ）

（練習場には、この手の得意なショットを見せびらかす輩が多いからな……）

しかし男が三発目もピンの真横に落とすと、わたしはじっとしていられなくなる。ポカリスエットを籐のベンチに置く。

しばし考え、キャディバッグの４番アイアンを摑み、引き抜く。

（うむ、狙いは男と同じグリーンだ）

――と、なぜか、男は練習を切り上げてしまう。籐のベンチに腰掛け、脚を組み、ひじ掛けに両腕をのせる。そして例の医師の目つきで、ボールと向き合うわたしを斜め後方から静かに見つめる。

背の一点に熱いものを感じる。

これはまずい。

仕切り直し、深呼吸する。思い切り息を吐く。やや両肩が落ちる。肩胛骨から力みが抜ける。重心がぐいと下がったような気がする。そのままゆっくりテイクバックし、いつものトップだ。さあ、一気に振りおろせ。

（ナイスショット！）

わたしは右手に心地よい感触を残し（まっすぐに）飛んでゆく打球を目で追った。

（よッし！）

かっこよくフィニッシュの姿勢を保ったまま、ボールがグリーン上で弾むのを待つ。空から落ちてくる鴨を眺める狩人のように、悠然と。が、白い球は砲台の法面にも届かず、ずっと手前の芝に（へなへなと）落下する。

（うむ？）

わたしは砲台の裾に向かって未練たらしく転がってゆくボールを見つめる。そして練習場を囲った高いクスノキの先端を見上げる。クスの葉は（ゆらりとも）揺れていない。無風。風のせいで飛距離が落ちたわけではない。

あらためてセットアップする。

もっと力を入れてインパクトしよう、と考える。すでに意識の底から男の姿は消えている。目の前の鏡の中にいる自分（おのれ）も見えない。フィニッシュの恰好なんぞどうでもいい。何が何でも、あのグリーンにボールを載せなければならない。たてつづけに三十球は打ったろうか。だがボールはグリーンに届かぬばかりか、いつの間にか、わたしはボールを芯でとらえることもできなくなる。

「きょうは、調子が好くないようですね」

その声で、わたしはうしろに気になる男がいたことを思い出した。

男はアイアンを杖にして微笑んでいる。返事をするつもりはなかったが、男のやけに親しげな笑顔につられて、（つい）答えてしまう。

「まア、こんなもンです……」

「ずいぶん長いキャリアとお見受けしましたが、」

「……」

「四十年はなさっているでしょう？」

世辞か。皮肉か。しかも歴四十年という指摘は気味が悪いくらい図星だ。それにしても、なれなれしい男だな。

「野球のユニフォームの着こなしと同じです。クラブさばきでわかりますよ」

男はうなずくと（すっと）クラブを振りあげ、軽くスイングした。打球は例によって美しい高弾道を描き、グリーンに落下する。そのショットの、そのあまりの見事さに、わたしは本音を吐いてしまう。

「まったくもって……何年やっても上手くなりません」

長髪をかきあげ、男はふたたびショットした。結果はつまらないくらい同じだった。ボールの軌跡は、鉛筆で書いたようにマットとピンを放物線で結んだ。わたしはすばやく、だがしっかりと男のクラブを目に焼きつける。そして、たちまち薄いめまいに襲われる。キャロウエイのX20、スチールシャフト。わたしと同じブランド、同じ年式のクラブではないか。しかも男が手にしているアイアンは6番だ。

「そのシャフトはスティッフですか?」

わけしり顔の質問をして、わたしは話題をつなぐ。

「米国仕様のSRとかいう、レギュラーとスティッフの中間です」

あゝ、なんということだ。シャフトの硬さも自分と同じだ。しかも見たところ、身長、体重、手足の長さ、手の大きさ、足の文数まで、男はわたしと変わらないようだ。となれば、ふたりのゴルフの差は「腕」と「年齢」以外の何ものでもないではないか。

「どうしたら、そんなショットが打てるンですかねエ？」

コップの縁から水がしたたったごとく、わたしの口から質問がこぼれ落ちる。スイングに関してこんなに素直に質問をしたのは、この四十数年で数えるほどしかない。生まれて初めて先輩にゴルフ練習場に連れて行かれた日と、機会があってベテランのプロといっしょにラウンドしたときくらいだ。

「失礼ですが、御幾つですか？」

わたしは男に訊いた。無礼にも年齢を。自己紹介もなしに。

わたしは群れるのを好まず、警戒心が強いほうの性格で、仕事以外の初対面の人間に対するこうした態度を無礼と感じない失礼なところがあった。だが理由はそれだけではない。クラブを振っているときは四十がらみの若造なのだが、クラブを杖にして立つ男の姿には(とうに)六十過ぎの黄昏れた影がさすのだ。

「昭和十七年生まれです」

うなずきながら、男は簡潔に答えた。

「青木功プロと同い齢です」

「彼は昭和十七年の八月三十一日生まれ、僕は三十日生まれです」

わたしはおもわず目をむいた。男が青木功プロの誕生日をそらんじていたからではない。その前日は、まさしくわたしの誕生日だったからだ。

「奇遇ですねエ。私も同じ十七年の八月三十日生まれですヨ」

しかし、男は驚くでも喜ぶでもなく、

「丸谷次郎と申します。この齢でまだレッスンプロを生業にしています。アハハ……」

と、妙に屈折した自己紹介をした。

なるほど。レッスンプロならあれくらい巧くて当たりまえだナ。

「妹尾由比古といいます。よろしく、」

笑顔で名乗り、わたしは相手が胸襟を開くと無防備になるという、もうひとつの性格をまる出しにしてしまう。

「ふたつ年上のかみさんと、いかず後家の娘と菜の花台に住んでいます」

丸谷という男はうなずいただけで、我が家の家庭の事情にはまったく興味を示さず、またアイアンの素振りをした。軽く振っているのに（キシュッと）鋭い音が空気を切り裂く。フォームがじつにしなやかで美しい。髪の毛の量もそうだが、とてもじぶんと同い歳の男がするスイングとは思えない。

「丸谷さんはこの練習場の所属ですか？」

「いや、まあ、」と曖昧な返事。

「一匹狼ですか？」

「強いていえばそうなるのでしょうか。頼まれればプロのコーチもしないではありませんが」

「じゃあ、昔は安田春雄プロなんかとトーナメントで……」

「いやいや、」と丸谷は右手を振り、

「He who can, does. He who cannot, teaches. ですよ」

いきなり流暢な英語を発した。

「……？」

「出来る奴はやる。出来ない奴が教える、ってやつです」

「ご謙遜を」

「これは真実です。ほかの世界は知りませんが、ゴルフに関しては間違っていません」

「そんなもンですか？」

「そんなものです」

ネイティブ並みのなめらかな英語といい、話の中身といい、この男は一介のレッスンプロではないな、とわたしは勘ぐる。

「しかし、できる奴は教えられない、というのも半面の真理じゃありませんか？」

このとき、わたしの頭の中にあったのは某新聞社系プロ球団の天才的四番打者だった。若い頃、現役時代の彼にインタヴューしたことがあるが、答えのすべてが感覚的なのでびっくりした。たとえば同点の最終回、無死満塁の内野守備陣形とはどんなものか尋ねると、「オフェンシブなディフェンスです」のひとことで片づけられた。だから彼が監督になると聞いたとき、直感的に選手たちはえらいことになる、と思ったのだ。

「ハハハハ、なるほど」

丸谷次郎は、わたしの意見を否定も肯定もしなかった。そして、もうその話題は切り上げましょうといわんばかりに、また一七〇ヤード先のグリーン上にボールを運んだ。ボールはきっちりピンハイに止まる。

わたしの脳裏に吉良のキツネのような嗤い顔が浮かんだのは、そのときだった。腹を決めて、わたしは尋ねた。

「私のゴルフは何点くらいでしょうか？　十点満点で……」

「タダでお答えするわけにはいきません。それも仕事の内ですから」

丸谷は（にわかに）レッスンプロの目つきになった。

「そりゃそうですな、失礼しました」

わたしは衣かつぎのみすぼらしい頭を掻く。

「プロに教えるくらいですから、お高いンでしょうな？」

「ウワッハッハ、冗談ですよ」

丸谷は大笑いし、籐のベンチに腰を降ろした。そして遠く前方のネットに貼りつけられた〔250〕の標識に6番アイアンのヘッドを向けた。

「妹尾さんは、あそこまで飛ばしたいとお考えですか？」

「むろんです。でもこの齢ではムリとあきらめています」

「若い頃はどうでした、飛ばせましたか？」

「残念ながら」

「でしょうナ。妹尾さんのスイングはそのようにできていませんから」

「は？」

「はっきり申し上げて最悪です。そのスイングで、ゴルフが嫌いにならなかったのが不思議なくらいです」

歯に衣着せぬとは、こういうことをいうのだろう。丸谷の言葉にわたしは深く傷ついた。

これでも若い頃は鶴咲カントリークラブのクラブハンデ12まで行ったのだ。還暦直前には

――たったふた月ほどだが――ＪＧＡハンデキャップでシングルプレーヤーにもなっている。

「でも、調子は長続きしなかったでしょう」

この男はおもいやりというものを知らないらしい。

「ひとたびドライバーショットにダグフックが出たら最後、その日はゴルフにならなくなったのではありませんか？」

「アイアンは当たらなくなる。ショートアイアンでさえ怖くて振り切れなくなる。アプローチとパットで、なんとかしようと思うけれど、それもダメになる」

「先週は85でラウンドしたのに、今週は95とか100を叩く……」

男のひとことごとに、わたしはうなだれてゆく。まるでいっしょにラウンドしていたような精確な指摘ではないか。

「ほんきで治す気がおありならお手伝いします。少々時間がかかりますが」

「少々とは？」

「一年です」

「一年？」

わたしはかぶりをふった。

「丸谷さん、いまも申しあげたように、私はあなたと同じ六十八歳ですよ。老い先長くはないンです。もっと手早く治す方法はないもンですかねえ」

「じゃあ、やめときましょう」

一年間のレッスンを計画するわりに、丸谷次郎は短気な男らしい。わたしもどちらかといえば気短なほうだが、喉まで出かかった言葉を（どうにかこうにか）呑みこんだ。吉良の憎たらしいキツネ顔と、丸谷のアイアンショットを目の当たりにしては、いかんともし難かった。

「いや……、お願いします」

4番アイアンのヘッドを意味もなく撫でながら、神妙に頭をさげる。

丸谷はひとりうなずき、

「いままで四十年間をムダにして来たんですから、」と、身持ちの悪い身内を諭すような調子でいって、またうなずいた。

どうやら、こうしてうなずくのがこの男の癖らしい。

「一年くらい辛抱しましょうよ」

「……」

しかし一年も辛抱するのだ。これだけは約束してもらわなければならない。わたしはおもむろにキャディバッグから四二〇ccのドライバーを引き抜き、目の前で日本刀のようにかざした。ともかく吉良の二二〇ヤードドライブだけはぜったいに超えたい。二三〇ヤードで満足すべきだったが、希望を少し水増しする。

「で、私にも二五〇ヤードを飛ばせるようになるんですね？」

丸谷は頰をゆるめ、いままでのどのうなずき方よりも深くうなずいた。そしてわたしのドライバーを手にすると、右腕一本で、三度、空中に大きく円を描いた。

「それも目標のひとつですが、とりあえずはシングルプレーヤーを目指しましょう。少なくとも、四度に一度は70台でラウンドできるようにして差し上げます」

いうやいなや、丸谷次郎はドライバーを一閃し、ゴムのティーに載ったボールを軽く弾いた。からだのどこにも力らしい力は入っていない。ありていにいえば、わたしの四二〇ccのヘッドが円を描き、空中を二周しただけだった。ボールはストレートの弾道で上空に飛び出し、やがて遥か遠くのネットの上段を揺らした。

第二章　レッスン開始

「お住まいの菜の花台に、野球場はありましたよね？」

「小学生の野球しかできない、狭い球場ですが、」

まさかそこでレッスンするのではあるまいな、と思いつつ、わたしは答えた。大のおとなが野球場でゴルフクラブを振っていては人目につく。危険きわまりないと近隣の住人から苦情が出るに違いない。だいいち、ホームベースから外野のポールまで七〇ヤードちょっともないのだ。ピッチングウエッジで打つボールでさえ、軽々とネットを越えてしまう。

「では、そこで。あさっての朝八時、」

こちらの意見も都合も訊かず、丸谷は勝手に決めた。

「平日の午前中なら子どもたちも学校だし、空いているでしょう」

「……」

「空模様があやしいときや、都合の悪くなったときは電話で連絡を取り合いましょう」

そういうと、丸谷はキャディバッグのポケットから銀色のケータイを取り出し、わたしのケータイ番号を訊いて空メールを打った。

「あ、それと、ゴルフクラブは必要ありませんから。道具は僕のほうで用意しますから。手ぶらで来てください」


いま、わたしはそのグラウンドの、餓鬼どもがスパイクしたに違いない傷だらけのベンチに腰掛けている。ジャージのトレーニングウエアを着て、いつものゴルフシューズを履いてきた。スイングするには足元をしっかり固めないとな。

見ると、外野の草の上を脚の短いシェパードみたいなヘンな犬——種名はあるのだろうがわたしは知らない——を二匹連れて、日除け用の深い帽子をかぶった、愛犬同様、脚の短い婦人が気だるげに歩いている。先方の視線もわたしに貼りついている。見慣れない怪しい男がいるぞ、と思っているらしい。

と。いつやって来たのか、横に長髪の丸谷が立っている。

アディダスのランニングシューズを履き、手に真新しい野球のグラブと古ぼけたキャッチャーミットを持ち、首に真っ白なタオル、肩から大きな水筒をぶら下げ、バットを一本小脇に抱えている。ポケットにはボールらしき形状のものがふくらんでいる。そしてにっこり笑うと、例のごとくうなずいた。どう見ても、この長髪が同じ誕生日に生まれた男とは考えられない。

「では、はじめましょうか」

「まずランニング。グラウンド三周です」

えっ。三十歳を過ぎてからというもの、わたしはそんなに長い距離を走った記憶がない。せいぜい通勤電車に飛び乗るための三十メートル全力疾走。それだけでも、吊革につかまり息を整えるのに数分かかったのだ。途中で心臓麻痺にでもなりゃしないか。

「だいじょうぶですよ」

丸谷はわたしの心配をかき消すようにうなずき、

「そうでした。そのまえに……」

といって、わたしの正面に立った。身長はほとんど同じ。体型も同じ。わたしのほうがやや肥満ぎみだけれど、髪の毛の量をのぞけば、プラスチック製の揃いのフィギュアが向き合ったようだ。

「足を、肩幅に開いて」

丸谷が範を示しながら命令する。

「軽くひざを曲げて」

「地べたに鼻緒がすえられていると思って、それを指でしっかり握ってください」

「どんな感じがしますか？」

「脚全体に、尻の筋肉まで気合いが入ったような、ガッシリ立っている感じがします」

長ったらしい感想だが、この三十数年間、わたしの肉体の記憶から遠ざかっていた感覚だ。

「では両脇をしめて、両手のひらの上にボールを載せたつもり。そのままの姿勢で回転し、ヒップと肩胛骨を滑らせます」

「ヒップと肩胛骨を？　滑らせる？」

「ガラスの円筒の中にいるつもりで、ゆっくり呼吸しながら、ヒップと肩胛骨をすべらせてください」

「こうでしょうか？」

「なかなか上手です」

わたしと調子を合わせながら、丸谷が褒めてくれる。

「全身で。ゆっくり、もっと大きく」

「ヒップにグリスを塗った感じで。こうやってなめらかに滑らせましょう」

なんだか、ペコちゃん人形が「イヤイヤ」をしているみたいだ。ずいぶんコッケイだと思いつつ、丸谷を鏡にして、わたしはいわれたとおりにやる。遠くで帽子の婦人がシェパード風の二匹といっしょにこっちを眺めている。婦人の口元が（ニタニタ）笑っている、そんな気がして少し恥ずかしい。

「では、それを百回つづけてください」

「百回？」

「そうです。左右一往復で一回。きょうから家では五百回やってもらいます」

丸谷は平然と命令した。

「……これは、いったい何なんですか？」

「わかりませんか。ヒップと肩胛骨をガラスに滑らせるドリルです」

そんなことはいわれなくてもわかっている。質問の意味はそうじゃない。

「なぜ、こんな運動をするんですか？」

「質問は無用です。黙ってつづけてください」

丸谷は怒ったように（ピシリと）いった。

「ほら、地べたの鼻緒をしっかり握って！」

「はい」

終わると、休む間もなく丸谷は走り出す。

はたしてグラウンドを一周もしないうちに、わたしの息は上がりはじめる。ゴルフシューズはやっぱり走りにくかった。併走する丸谷に目で訴えるが無視される。手にしたボールも重みを増してくる。そのうえ、いきなり二匹のシェパード風が帽子の婦人の手を離れ、面白半分に吠えかかってきた。それも二匹してわたしだけに。このヤロめ。いい加減にしろ。丸谷には無関心なのに、なぜわたしにだけ飛びかかろうとするんだ。

三周を走り終えると、完全に息が上がり、顔から汗をしたたらせ、わたしは（へなへなと）グラウンドにへたり込んだ。

「準備体操です」

丸谷は同情のカケラも見せない。

「練習場でやっていた、あの体操をやってください」

ゼイゼイいいつつ、わたしは途中のいくつかを飛ばして適当に全身を捻り、揺り、屈伸する。どうやら息が整ってきたような気がしないでもない。

「……では、キャッチボールです」

丸谷は使い込んだキャッチャーミットを左手に嵌め、わたしに新品のグラブを差し出した。初めは一〇メートルほど離れて軽く。九人ぎりぎりのチームだが、これでも、わたしは都立高校で軟式野球部員だったのだ。手首を使って、いい球を丸谷の胸に投げ返す。十球、二十球、三十球……。

「ずいぶん、重いボールじゃありませんか？」

「わかりますか、」丸谷はうれしそうにうなずく。

「ふつうの硬球より二〇グラム重い、特別製です」

「で、これがゴルフのレッスンなンですか？」

わたしの小馬鹿にした調子の質問には答えず、丸谷は右手の甲をわたしに向けて振った。

（もっとバックしろ、）という仕草だ。

手の甲に押されるように、わたしはうしろに下がる。五メートル、一〇メートル、まだ「ＯＫ」が出ない。そしてふたりの間隔が二〇メートルほどになったとき、丸谷は右の拳の親指を立てた。ちょうどホームベースからセカンドベースくらいの距離だ。

「さあ、投げてください」

「よしっ、」

わたしは両腕を振りかぶる。地を這うサードゴロをさばき、間、髪入れず華麗なスローイングで一塁手に矢のような送球をしたかつての少年の姿が目に浮かぶ。

だが、ボールは山なりの弧を描いて丸谷の七、八メートル手前にバウンドする。

信じられない結果だった。地べたを転がるボールを、わたしはうらめしく見つめた。軽く振れると思っていた右腕が振れない。投球のための筋肉が（ごっそり）消えてなくなってしまった、そんな無残な感覚だった。

丸谷はボールを拾うと、すばやく投げ返してくる。逃げようと思ったくらいの速球だった。グラブの真ん中で受けたせいで、左の手のひらが痛い。

「さあ、もう一球！」

丸谷の掛け声に、わたしは右腕を（ぐるぐる）まわす。さっきより大きく振りかぶり、ツーステップ惰性をつけ、ミットめがけて（力いっぱいに）投げ込む。

が、ボールは同じように（へなへなと）意気地なく地上で弾む。

「こんなはずではない、と思っているでしょう？」

二〇メートル先で丸谷が叫ぶ。

「ええ！」

二〇メートル反対側で、わたしは叫び返す。

「なぜだと思いますか？」

「筋肉が退化したンでしょうかねえ？」

「それもあります。しかしそれ以前に妹尾さんのスローイングがなってないんです。妹尾さんは肩に力を入れ、腕だけで投げています」

「……？」

またもや丸谷はものすごい速球を投げ返してきた。そういえば丸谷は全身をやわらかく使い、腕をムチのように振って投げてくる。こんどは巧くグラブのポケットでキャッチしたから痛くない。

「僕と同じスピードで投げられるようになったら、レッスンの半分は終わりです」

「……？」

「なぜかは説明しません。ともかく投げられるようになるまで頑張ってください」

「それだけで半年はかかるでしょう」

「その間、僕は、まいにち妹尾さんの投球を受けつづけます」

わたしは首を垂れ、グラウンドの黒い土を見つめている。こんなカタチで老骨を感じさせられたのは初めてだ。丸谷はああいうが、一年かけたって無理だと思う。十代の柔軟な筋肉をまとった頃ならともかく、いまの自分にそんな身体能力はない。老いぼれが一〇〇メートルを十秒で走れ、といわれているようなもンだ。

「あきらめちゃいけません」

丸谷が二〇メートル先で声を張り上げる。

「こんどは、マウンドに立って」

「……？」

「僕がキャッチャーになります。妹尾さんはアンダースローのピッチャーになってください」

「なぜ、アンダースローなんですか？」

「質問は無しです」

「私はオーバースローなんですがね」

「アンダースローで投げられないわけじゃないでしょう」

丸谷はホームベースのうしろに座ると、ポンと（ひとつ）ミットを叩いた。

しかたない。マウンド上で、わたしは南海ホークスの杉浦忠をイメージする。「古いな」と思ったが、日本シリーズで讀賣巨人軍相手に四連投・四連勝した伝説のピッチャーだ。その華麗な投球フォームはわたしの脳裏に焼きついている。加えて最近のプロ野球のアンダースロー投手を知らないから、杉浦をまねて投げるしかないのだ。

右腕をうしろに引く。だが腕が伸びない。上半身を地べたに平行にして、投げる。一瞬、肩がギクッとする。それでもボールは蠅のとまりそうなスピードで空中をただよい、なんとか丸谷のミットの前でショート・バウンドした。

「いい投げかたじゃありませんか」

お世辞とわかっていたが、悪い気はしない。つづけて二十五球を投げさせられる。

「おおッ。球が走ってきました」

そんなはずないのに、丸谷は大げさに驚いた。でも、悪い気はしない。

「きょうはこのくらいにしておきましょう。肩を壊すといけませんから」

午前九時二十五分、ちょうど四十球で初日のレッスンは終了した。そして腕立て伏せ十五回、腹筋十五回、スクワット十五回――ただし、どれも週に一回ずつ回数が増えてゆくらしい――を片づけ、軽くグラウンドを二周すると、

「では、あすも同じ時刻に……」

と、丸谷は道路わきに止めてあったダイハツの軽自動車に乗り込み、タンタンタン、と乾いたエンジン音を響かせて、市の管理する大きな森のほうへ走り去った。バットと硬球をわたしの掌に残して……。


ママチャリで家にもどると、わたしは風呂場に飛び込む。夏でもないのに、下着は汗でびしょびしょだ。熱いシャワーを浴び、さっぱりして書斎に行く。早くも身体のふしぶしが痛む。どこと判らぬが、筋肉が張りはじめている。

「朝っぱらから、どこで遊んでたのよ?」

コーヒーを持ってきた妻のとみ子が、減らず口を叩き、返事も聞かずに書斎を出てゆく。

わたしは熱いコーヒーをすすりながら、机に立てかけてあるバットを見つめる。

「それは巨人軍のマツイが使っていたバットです。一キログラムまではないでしょうが、重いですよ」

「一日五十回、真ん中高めをセンターオーバーするつもりで、水平にフルスイングしてください」

バットは、グリップエンドにG55と刻印してある美津濃製だった。重いなんてものではない。このバットに較べたら、高校時代、軟式野球部で振っていたバットなんてワリバシ同然の軽さだ。そういえば、とわたしは先輩を思い出した。生まれて初めてゴルフ練習場なるところへ行った日のことだ。


わたしがゴルフをはじめた動機は「仕方なく」だ。勤めていた広告会社で部の「慰安旅行」――一九六九年、高度成長時代のトバクチにはまだこんな哀愁あふれる言葉が残っていたのだ――があり、一泊で伊豆高原に行くことになった。そこで温泉につかり、酒盛りをし、翌日はゴルフコンペをするというプランだった。

「僕もゴルフをするンでしょうか?」

入社五年目の生意気盛り。わたしは部長のデスクへ聞きにいった。部長は広告会社のコーラス部の部長でもあって、なぜか女子社員に人気のある人だ。

「できたらね、みんな、やるンだからね、」部長は自慢のテノールで答えた。

「でも、僕はゴルフ道具を持っていませんし」

「借りるか、買ったらどう」

このときのわたしは、ゴルフを腹の底からケイベツしていた。あんなどん臭い遊びができるものか、やる人間の気が知れない、本気でそう思っていた。とくに、わたしは野球少年だったから動かないボールを打つ単純さというか——間抜けさ——を馬鹿にしきっていた。なにしろ運動神経のない部長ができるくらいのもんだしな。加えて時代の空気もよくなかった。ゴルフは金持ちの遊びといった偏見が世間に根強くあり、プロ化はしていても未だマイナーなスポーツで、プロゴルフ界もぱっとせず、マスコミが河野隆明、安田春雄、杉本英世のプロ三選手を〈和製ビッグスリー〉と囃すたびに、後進国の「せこい」「ちんけな」、とりわけ「うら淋しい」感じを拭いきれなかった。

とはいえ、わたしはサラリーマンだ。家には年老いた母親がいる。根は孤高な人間（のつもり）だが、同僚との軋轢に耐えつつわが道を行くほど図太い神経は持っていない。それどころか誰にも気まめで、履歴書に書き込んだ以上に過剰な「協調性あり」をもてあまし、ときに自己嫌悪を催すくらいのものだ。部長の唯一の体育会系ホビーをいたずらにけなしてはまずい。わたしが不参加の理由を道具のせいにして「ゴルフなんて馬鹿みたいで、やる気がしない」と正直に告白しなかったのには、これだけの背景があった。

次の日曜日——

わたしは神奈川県の茅ヶ崎へ行った。相談した豊臣先輩がそこに住んでいたからだ。自宅から二時間四十五分かかった。

練習場は、なだらかな丘陵にあった。海に向かって打つ爽快な練習場だ。先輩が来るまで、ぼんやり他人の練習を見ていた。「みんなヘタだな、」と思った。そこへ、ラフないでたちで大きなキャディバッグを担いだ豊臣先輩が現れた。先輩は元高校野球のレギュラー選手で東京六大学に進学したが正捕手になりそこなった、と噂のある人だった。同じ野球でも、先輩は硬式野球、わたしは軟式野球、実力は天と地以上の開きがある。体格も、手の大きさも並ではない。目玉の大きさからして違う。先輩には風貌と合わせて野武士のような雰囲気があった。遠投は軽く七〇メートルは越すのだろう。先輩のデスクに相談に行ったとき、わたしは（こんなひとでも面白いのだろうか、ゴルフは……、）と考え込まざるを得なかった。

「きみはゴルフを馬鹿にしているだろ、違うかい？」

いきなり先輩はいった。先輩の（ぎょろりと）剝いた目がまぶしい。

「じつは、僕もそうだった」

「しかし、ゴルフは他のスポーツと違って、審判のいない競技でね。そのぶん、ルールがたくさんある。なかでもいちばん厳しいのが『あるがままに打て』というルールだ。このルールの存在を知って、僕はゴルフをはじめたようなものさ。人間の精神を鍛えるのにこれくらいタフな規則はないからね。ハハハ」

意味がまったく呑みこめなかったが、「そうですね、」とわたしは答えていた。

練習場では、先輩のクラブを使わせてもらった。最初は7番アイアンを握らされた。左手に買ってきたばかりの羊革のグラブをはめ、グリップはインターロッキング。（ゴルフクラブの握りは野球と違ってこうするものだ、）という知識だけはあった。籠からボールを取り出してマットに置き、打とうとすると、先輩はボールを摘まんで「最初はこっちのほうがやさしいから」とゴムのティーに載せてくれた。

打った。

当たらない。

クラブが空を切る。二度、三度、四度、当たっても、まっすぐ遠くに飛ばない。ボールは地べたを這い、離陸に失敗したセスナ機のように五〇メートルほど先の草むらで転がるばかりだ。

そんなはずはない。

気を取り直す。

打つ。

しかし何発打っても、結果は同じだった。先輩はうしろで、錆びたパイプの折りたたみ椅子に座って、大きな目でじっとわたしのスイングを見ている。ひとこともしゃべらない。先輩の視線が突き刺さり、わたしの身体はますます硬くなってゆく。そんなはずはない。

おもむろに立ち上がると、先輩はわたしと入れ替わった。

そしてわたしの使っていた7番アイアンを握り、ヘッドで（ころりと）ボールを一つ、磨り減った緑色のマットに転がした。そしてクラブをゆっくり振りあげ、目にも留まらぬ早さで一閃した。ズドン、と重い音とともにボールは低いライナーで飛び出し、途中からツバメのように高く舞い上がり、前方の土手に（ふわりと）落ちた。唖然として見つめるのは、わたしだけではなかった。前後の客も同様だった。

どこが、どう違うのか――わたしは目を凝らして先輩のスイングを分析した。クラブを右に高く振りあげる。それをドンと下に降ろす。なりゆきでクラブを左に高くフォローする。文字にすれば五十字にも足りない動作だ。わたしも同じことをしている（つもりだった)。だが結果は別ものだった。豊臣先輩は十発ほどを打ち終わると、「さて、いこうか」といって、レッスンをはじめてくれた。

先輩に何をいわれ、何を指導されたか。このときの記憶はほとんど欠落している。わたしが覚えているのは、レッスンの最後に、クラブの握りを極端なフックグリップに変えられたことだけ。「ともかくこれで打ちつづけてごらん。これでボールが左に曲がるようになったら、ひとつの進歩。徐々にグリップを元に戻せばいいから……」と。

わたしはふつうのビギナー以上に、ひどいスライスヒッターだったに違いない。なにしろコンペまで、半月の猶予もない。先輩は弱り果てたのだろう。いずれにしても、わたしの自信は直径一・六二インチのボール——当時の日本はまだ糸巻き、スモールボールの時代だった——に完璧に打ち砕かれていた。

第三章　二五〇ヤード・百万円

翌日。わたしは暗い気持ちで野球場へ向かった。

痛い。身体のあちこちが。腕を上げるのもしんどい。屈伸運動をすると、太ももが悲鳴をあげる。背中はコンクリートで固めたか、と思うほどコチンコチンになっている。投球に加えて、夜、家の前の道路で調子にのってマツイのバットを百回もフルスイングしたのがいけないのだ。ベッドから起き上がるのさえ、ひと苦労。とみ子に液体の筋肉消炎剤を塗りまくってもらい、なんとかこうしてママチャリを走らせている。こんな日がまいにちつづくのか。えらいことになった。風までが短慮をわらって毛の少なくなった頭の地肌を撫でてゆく。

丸谷は、もうグラウンドに来ていた。

「そろそろ、シデコブシが咲きそうですね」

周囲の木立を見上げながら、丸谷がいった。ただのコブシでなく、シデコブシ。どうやらこの男は花好きらしい。わたしも園芸は嫌いでないが、いまは風流に花どころではない。「きょうのレッスンは休みにしませんか、」いじけた言葉がノドで団子になって出番を待っている。

さっそく例の「ヒップと肩胛骨を滑らせる運動」がはじまる。元コピーライターの性で、わたしはそれをペコちゃんの《イヤイヤ体操》と名づけたが、それを百回。グランドの入口を見ると、昨日の婦人がきょうもニタニタしながらこっちを見ている。

「ちゃんと、家で五百回やりましたね?」

「もちろん、」と答えたが、ほんとうをいえば二百回しかやっていない。途中でバカバカしくなったのだ。

「この運動をバカにしてはいけませんよ。これは妹尾さんが二五〇ヤード飛ばすための基本ドリルですから。けっして怠けないように」

丸谷は見ていたようないいかたをする。

「適当な回し方はいけません。どっしり構えて、ヒップの回転でギリギリのもっと先まで」

「ヒップねえ……」

「じゃあ、きょうは四周です」

気合いを入れると、丸谷はゆっくり走り出した。

わたしは（しぶしぶ）うしろをついてゆく。今朝はゴルフシューズでなく、新品の美津濃のランニングシューズを履いて来た。丸谷は昨日と同じアディダスのシューズに、ブルーグリーンのトレーニングウエアだ。なにやら懐かしいシトラス系の香りがゆれる。コロンでもつけているのだろうか。背筋の伸びた、じつにきれいなランニングフォームだ。長髪が若々しく揺れる。ひきかえ、わたしは北京原人がマラソンレースに初参加した風にしか見えない。肩をいからせ、前かがみの猫背、両腕を振るというより前方でぶらぶらさせるだけの（つんのめりそうな）走り方だ。グラウンド一周は約二〇〇メートル――うしろは見えないはずなのに、丸谷は海兵隊長のような調子をつけて大声で叫びつづける。

「はい、肩胛骨を滑らせてエ！」

「……？」

「肩胛骨を滑らせてエ！」

「……？」

「もっと滑らせてエ！」

「……？」

「胸を張ってエ」

「肩胛骨を滑らせてエ！」

「右イ、左イ、右イ、左イ！」

そうか、《イヤイヤ体操》はこのためにあったのか。わたしは前を走る丸谷を見ながら、それらしく真似て走る。不思議と背筋も伸びて、北京原人はホモ・サピエンスに近づいてゆく。脚も軽くなったような感じがする。バックネット方向を見ると、二匹の短足のシェパード風がうれしそうに待ち構えている。尾をふり、そばに来たら飛びかかろうと舌を出している。帽子をかぶった小柄な婦人は、きょうこそ綱を離すまい、と両足を踏ん張っている。

二周目——

「ちゃんとバットは振りましたねエ！」

丸谷は相変わらず海兵隊長だ。

「振りましたとも、百回イ！」

わたしも怒鳴る。声に、いくらかフキゲンがまじっている。

「百回は多い。あれだけ重いと、てこずったでしょうオ！」

「腰を使わないと振れません！」

「そうですかア！」

「そうですよ。わたしはマツイじゃないですからア！」

「いいところに気づきました！」

「……？」

「マツイだって腰でホームランしているんです。こんどテレビで見てください！」

わたしは、頭の中でマツイのスイングを再生する。そういえば、バットがカラダに巻きついてバットのヘッドはいちばん最後に出てくる（ような気がする）。

「正確には腰ではありません、ヒップです！」

「おもいきりヒップを左へ回転してください！」

「ヒップってて？」

「質問は無しですよ！」

あとは黙々。ほぼ八〇〇メートル、四周のランニングが終わる。二匹の短足のシェパード風と婦人がこちらを見ながら、グラウンドを出てゆく。

きょうのアンダースロー・ピッチングは五十球だった。身体が痛くて、わたしはミットに届かせるのがやっと。それでも三十球あたりから丸谷のミットで心地よい音が響くようになる。

「だいぶ良くなりました」

丸谷は立ち上ってマウンドのわたしを褒めた。またお世辞だ。

「どこが、どう良くなったんですか？」

「ハハハ、質問は無しです」

丸谷は明るく笑い、ボールを投げ返してくる。そしてミットを叩きながらいった。

「こんどは左で投げてください」

「無理ですよ、右だってヨレヨレなのに……」

「黙って命令を聞きなさい」

仕方なし、わたしはグラブを右手に嵌め、ボールを左手に握って振りかぶる。そして過剰と思われるくらい過剰なアンダースローで手からボールを放す。案の定リリースのポイントがずれてボールは左に飛び出し、しかもホームベースのずっと手前でワンバウンドする。

「やっぱり左投げのほうが素直ですね」

丸谷が感心したようにいう。

「どこが素直なんですか？」

「ヒップの回転がなめらかです」

「ヒップ？」

「質問は無しですよ、ハッハッハ」

機先を制して丸谷は笑い、例のごとくうなずいた。

「あしたからは左投げで三十球も追加しましょう。それと、筋肉の痛みは週末には和らいで消えますから、心配しないように」


——レッスン終了。

丸谷が軽自動車に乗り込んでエンジンを掛ける。わたしは軽自動車のルーフに寄りかかって声をかけた。このくらい親しくなれば、もう（この質問も）失礼ではないだろう。

「丸谷さんは、どちらにお住まいなんですか?」

「……つぐみガ丘団地にひとり住まいです」

簡潔な返事だった。係累に関する質問はいっさい御免というニュアンスが（きっちり）はめ込まれている。それにしても、つぐみガ丘は隣の市にある高層団地だ。ここから直線距離で三〇キロ以上、時間にすれば四十分はかかるだろう。そんな遠くから丸谷は来てくれているのか。それもまいにちとなれば、ガソリン代だって馬鹿にならない。このとき初めてわたしは気がついた。

「ところで丸谷さん……、」

「レッスン料は、いくらにしたらよろしいでしょうか？」

「要りません」

またもや簡潔な返事。

「これは僕の趣味ですから。僕がお支払いしなければいけないくらいです」

「……そういうわけにはいきませんよ」

「じゃあ、ときどき昼飯でもご馳走してください」

「いや、」と運転席を覗き込みながら、わたしはいい張った。

「こんな遠くまで来ていただくんですから。ガソリン代だって馬鹿になりませんし」

「車の運転も、僕の趣味のうちです、気にしないでください」

困ったことに、わたしはゴルフ教室に通った経験がない。この手の謝礼というか、月謝がいくらくらいのものか、てんで見当がつかない。

と、両手でハンドルを撫でながら丸谷がいった。

「では、百万円いただきましょう」

「ん？」

「一年後に、妹尾さんが二五〇ヤード飛ばし、四度に一度は70台でラウンドできるようになったら、報酬として百万円です。それでどうでしょうか？」

丸谷のまなざしに冗談の色はなかった。

ママチャリを走らせながら、わたしは考える。「お願いします、」と気安く握手してしまったが、よかったのだろうか。

二五〇ヤード・百万円が高いか、安いか、と問われれば、わたしは迷わず「安いレッスン料だ」と答える。二百万円といわれたら三日三晩は考える。それでも、なけなしの退職金を取り崩してお願いするにちがいない。我がゴルフ人生にとって――いや、我が人生にとって――二五〇ヤードは、さほどに「まばゆいもの」なのだ。むろん妻（とみ子）には内緒。二五〇ヤードの輝きに較べれば、かみさんの何カラットかのダイヤモンドなど牛乳瓶の底の輝きに等しい。かみさんには（永遠に）理解できないだろうが……。

もっか、わたしのドライバーの平均飛距離は二〇〇ヤードだ。しかし、それは練習場でナイスショットした場合にかぎる。コースに出ると（なぜか）一九〇ヤードも行かない。三三〇ヤードのパー4のホールで「本日イチバン」のティショットを放ったのに、グリーンエッジまで一六〇ヤードのセカンドショットが残るのだ。どちらが真実の飛距離か。いうまでもない。そもそも、きょう日はナイスショットそのものが出なくなった。出るのは「昔はこんなじゃなかった、」というグチばかりなのだ。

道は石畳のゆるい下りになる。ママチャリの前籠の中で硬球が弾む。

わたしはイチローの言葉を思い出す。

「きのうまでは夢だったが、きょう、それは目標になった」

たゆまぬ向上心と鍛錬だけが夢を一歩、一歩、現実に近づけてゆく。メジャーリーグで活躍する一流プレーヤーなくしては語れない真実だ。しかし平均的ゴルファーの真実はそっくりこの逆といってよい。

「きのうまでは目標だったが、きょう、それは夢でしかない」

初めてゴルフクラブを握ったときは、二五〇ヤードのドライバーショットも、パープレーで回ることも、軽く手に届きそうな「目標」だった。だが、いつしかそれはテレビのトーナメントで見るプロゴルファーたちのショーに過ぎなくなる。

プレーすればするほど、小さなボールに笑われ、身のほどを思い知らされ、(一歩一歩)目標は遠ざかり、虚ろな夢となり、やがて自分のやっているのはゴルフでなく、「ゴルフのようなもの、じゃないか?」と自虐的になる。ときには「ゴルフはスポーツではなく運のゲームだ」などとゴルフそのものを白眼視する。そして、遅かれ早かれ、九〇パーセント以上の平均的ゴルファーは——ゴルフを捨て去らないまでも——キャディバッグから「向上心」というクラブを抜き取ってしまう。練習場が、身内のいなくなった故郷のように縁遠いものになってゆく。

それは自然なことだ、とわたしは思う。それが人間、オトナになるということなのだ。世のアベレッヂピープルは、金のムダ遣いをしないが、夢のムダ遣いもしない。花の咲かないサツキをいつまでも鉢に植えてはおかない。自分の能力をクールに認め、「その代わりにゴルフにはハンデキャップという仕掛けがある、」と霊長類らしいエクスキューズを用意して、いそいそとコースに出掛けるのだ。

四十五歳を過ぎると、わたしは飛距離に対するこだわりを（しぶしぶとだが）放棄せざるを得なくなった。スイングを変えるだけではダメだから、クラブを変え、ボールを変え、「飛ぶシューズ」まで買った。しかし成果はあらわれない。徒労が数珠つなぎになり、ゴルフ雑誌の「飛ばすテクニックあれこれ」も読まなくなった。そして思想転向する。「ゴルフは飛距離のゲームではない。スコアのゲームだ」と。

主張には（手前勝手な）根拠がある。キャリアを積み重ね、小技だけはめざましく上達していたからだ。アプローチショットは（だいたい）ワンパット圏内に寄るし、バンカーショットは（だいたい）一度で脱出するし、ショートホールは三度に一度はめでたく「ナイスオン！」する。パットも小ずるく巧くなる。わたしが鶴咲カントリークラブの会員となり、クラブハンデ12を得た頃のことだ。

ところが、五十五歳を境に、「小技」も怪しくなる。「そんなはずはない」が口癖になる。ドライバーの飛距離が落ちて、二打目以降のショットに負担がかかりはじめたのだ。握るクラブは得意なピッチングウエッジから、苦手な8番アイアンに変わり、スコアカードに（青カビみたいに）6や7がはびこりはじめ、ワンラウンド100を越えることがのべつになった。

そんなしょぼくれたゴルファーの前に、「二五〇ヤードを百万円でお売りしましょう、」と魔法使いのような男が現れたのだ。

もしドライバーショットが二五〇ヤード飛んだら、わたしのゴルフはどうなるか？　想像するだけで、胸がワクワクする。

三三〇ヤードのパー4なんて、第二打はピッチングウエッジのハーフショットになっちまう。軽く2オンし、あわよくばワンパットのバーディだ。五〇〇ヤードのパー5も第三打目は（確実に）ショートアイアンだろう。バンカーに入れないかぎり、我が寄せの技術をもってすればパーはまちがいない。四〇〇ヤードのパー4でさえ……。そのうち安宅さんはじめ、我が愛しきゴルフ仲間はこういうにちがいない。

「そんなにやさしくっちゃ、ゴルフがつまらないンじゃないの？」

そのときは、こんなセリフで謙遜するのだ。

「いやいや、上には上の苦労があるものです」

そして「人生と同じですな」と付け加えるのを忘れない。

ざまあみろ。笑いがこみあげる。カラダの芯が（じんじん）熱くなってくる。口から（ぽたぽた）ヨダレが垂れてくる。

四十年間、待ちに待ったドリームが手に入るのだ。たとえ相手が悪魔だろうと、夜叉だろうと、手を差しのべ、握手するのは当然だろうが。それもたったの百万円で……。ちょっと気障ないい方だが、「ファウストの気持ちがよく理解できる」といったところだ。たぶん、安宅さんなら倍の二百万円でも買うにちがいない。でも転売する気はさらさらない。

頬をよぎる風に、臘梅の香りが混じる。

早春の高貴な香りが、きょうにかぎってやけに生臭い。

第四章　爪先立ち

ひと月が過ぎた。レッスンはあいかわらず《イヤイヤ体操》からはじまり、走らされ、投げさせられるだけの一時間半ちょっとだ。しかしグラウンドを五周しても息は上がらなくなり、〈腕立て伏せ・腹筋・スクワット〉のセットは各二十回になり、アンダースローのピッチングは、丸谷のミットに心地よい音を立てるようになった。「ボールをリリースするときに頭を思いきり下げてください」という丸谷の教えが効いたのだ。みるみる調子がよくなった。

わたしは、誇らしげに質問した。

「いまのは、時速一〇〇キロは出ていたンじゃありませんか？」

答えず、丸谷はスピードボールを投げ返してくる。ややシュート気味に（ピシッと）グラブに吸い込まれる。

「いまのが一〇〇キロです」

「私のは?」

「八〇キロがいいところでしょう」

「……」

うなだれるわたしを、丸谷は大声でなぐさめる。

「あわてない。あわてない。先は長いんです」


書斎の小さな窓から満開の染井吉野が見える。レンギョウとユキヤナギが道路に覆いかぶさるように咲いている。春爛漫を絵に描いたようだ。陽射しは暖かいが、机の上のコーヒーは冷えきっている。ひとくちも飲まれぬまま、表面にうっすら油膜を浮かせている。

さっきから、わたしは自問しつづけている。

「この四十年間、私は正式なレッスンを受けたことがない。なぜだ?」

いま丸谷とそれらしい師弟関係になっているが、かれに出会わなかったら、まちがいなく「生涯、ゴルフ教室に行かなかったゴルファー」で終わっていた。プロから「腕をこうしろ」「脇をどうしろ」とポイントレッスンを受けたことはある。しかしゴルフスイングのイロハから、つまり基本の基本からスイングを学んだことは一度もない。

理由は、はっきりしている。

スイングなんて「見よう見まねで身につく、」とタカをくっていた。野球少年だったから、ボールをヒットする感覚も心得ている。右に飛ぶボールを左に打つコツはわかっている。小器用だから、練習場で上級者らしきゴルファーに目をつけ、そのスイングをなぞれば、それらしい技術はすぐモノになった。多少の壁はそれで乗り越えられた。あとは場数だけだ。しかも周囲の仲間たちよりいくばくか上達の速度が早い。目指すスイングに疑問を持つことなど「これっぽっち」もなかった。要するに、ゴルフをバカにしていた。

四年もすると、上級者と呼ばれるようになる。生来、凝るタチだから勉強もした。アメリカのレッスン書も読んだ。やがてスコアだけでなく、スイング理論の権威として一目置かれるようになる。同僚のスイングを（頼まれもしないのに）分析し、講釈するようになる。むろん自分のスイングは理論どおりの——完全無欠ではないにしても——満足すべきものだ、と信じて疑わなかった。

自信は、ちょっと傾けばゴウマンになる。

この真実に、若いわたしは気づかなかった。

広告会社に入社して、わたし——まだ半ば少年だった——は企画制作部門に配属され、その翌年にコピーライターの新人賞をもらった。上司のいうままに書いたコピーだから白慢にならないが、ほどほどの自信にはなった。以来、周囲の（社内、社外の）評価が目に見えて変わってゆくのがわかった。平たくいえば、コピーの書き直しがなくなった。賞にも効用はあるんだと納得した。

その七年後、少年は青年となり、コピーライター協会賞なるものをもらう。賞への執念があったわけではない。書いたコピーが出会いがしらで審査員の目にとまり、表彰台に上げられたに過ぎない。よくいえば小心にして果断、ほんとのところは、臆病なくせに向こう見ずという破滅型の性格が広告なる虚業に（ぴたり）嵌まっただけ。むやみに他人を批判する吉良を会議室で罵倒したのも、この頃のことだ。肩書きはないが実質的な責任者となり、広告主とダイレクトにやりとりするようになる。CM制作会社のプロデューサーたちと（お仕事以外の）ツキアイも増えてくる。わたしはまったく酒が呑めないし、食いものにも興味がない。だから接待ゴルフの回数だけが増えていった。

その後、ディレクターと肩書きがつくと、週に一度、ときに二度、接待、被接待を合わせ、真冬でも月に五回はコースに出るようになる。これで巧くならなければ、運動オンチといってよい。いつしかわたしは、ワンラウンド80台でまわれないと不愉快な顔をする、嫌味なゴルファーになっていた。

埼玉県にある、接待用のゴルフ場だった。

某私鉄のオーナーが「銀座で呑めば一人一晩五万円かかる、半日遊んで三万円なら安い接待費だろう、」と怪しからん発想でつくったコースで、ただのカレーライスが一皿二千五百円もした。ハーフを終えて昼食を済ませ、午後のスタートまでの時間つぶしにコーヒーを飲んでいるときだった。

「妹尾さんは、ボールを前にするとスイングが変わりますね……」

制作プロダクションの徳川社長に（ぼそりと）いわれた。徳川社長はＣＭ制作業界では知られたゴルフの名手だった。この日も午前のハーフを38で回っている。

「素振りは自然で、じつにきれいなんですがねえ……」

スイングについて（とやかく）意見されたのは豊臣先輩以来のことである。

むッとしたが相手が悪い。「はあ、」とわたしは飲みかけの、旨くもないのに一杯千円はするコーヒーをテーブルに置いた。

同伴したＣＭプランナーの浜田くんが（興味深げに）成りゆきを見守っている。浜田くんは父君が日本ゴルフ協会の理事をしていたくらいの血統書付きゴルファーだが、根っからの練習嫌いがたたって、腕前はわたしとどっこいどっこい。ジェントルマンでマージャンなど賭けごとはしないのだが、どういうわけかゴルフのニギリだけは断わらない。だからきょうもふたりはけっこう大きな賭けをしている。

「どんな風に違うんですか？　ショットと素振りでは……」

尋ねたのはわたしではない。浜田くんだ。

「妹尾さんはショットになると、インパクトでカラダが伸び上がります」

わたしは（すばやく）我がスイングを頭に想い描いた。

「インパクトで爪先立つんです」

「ふむ、」いままで誰にも指摘されたことのないポイントだ。

「僕は、どうですか？」

便乗して、浜田くんが質問した。

「浜田さんは、ちゃんと左カカトが着いています。フィニッシュでクラブがバシンと背中を叩きますよね、あれは浜田さんのクラブがきれいに振りきれている証拠です」

コーヒーをひと口すすって、わたしはやんわりと徳川社長に詰めよった。

「いけませんか？　爪先立ちになっちゃ」

「いやいや、それが妹尾さんの個性ですから……」

当たりさわりのない返事と苦しげな微笑を残して徳川社長は話題を切りあげた。しかしこの指摘のせいで、わたしの午後のゴルフは散々なものになる。

――なるほど。徳川社長の左足カカトは（浜田くんの左カカトも）インパクトの瞬間に地面に（ぴったり）着いている。ひきくらべて我が足は？

爪先立ちを意識すればするほど、ショットが乱れた。仕方なし、いつもより入念に素振りを繰り返す。素振りはじつにスムースだ。むろん爪先立っていない。左足カカトは地面についている（はずだ）。フィニッシュだって惚れ惚れするくらい美しい（はずだ）。浜田くんと同じようにクラブのシャフトが背にからみつく。

「さて、」とボールに向き合う。

「素振りどおりに振ればいいんだ、」自分にいい聞かせる。

「ぜったいにカカトを上げるな！」

が、クラブヘッドを三〇センチ後方に引いたとたんに、世界は一変する。両肩に力が入り、不十分なテイクバックから――投手の投げ込んだ一三〇キロのストレートボールに振り遅れないように――いきなり右腕でクラブヘッドを突き出す。

しかも、打ったらオシマイ。

硬直した両腕は、（もちろんその延長にあるシャフトも）天を指すだけ。素振りのときの美しいフォロースルーは面影すらない。ボールはまっすぐ白い杭の並んだ左の崖に向かって飛んでゆく。浜田くんは勝利を確信し、「このホールもいただき、」と口元に笑みを浮かべている。徳川社長が目のやり場に困っている。

「余計なことをいいました。さっきの言葉は忘れてください」

当時、プロにもインパクトで両カカトを上げる選手が一人いた。関西のNプロだ。わたしは勉強家だから、このあたりにはよく通じていた。Nプロはわたしと同じくらい小柄だったが、トーナメントでは常に上位で健闘していた。小柄なゴルファーがボールを遠くへ飛ばそうとすれば（おのずと）カカトは浮き上がるものだ。そう解釈していた。だから「それが妹尾さんの個性だから、」といった徳川社長の言葉も、とりつくろった外交辞令ではない、と受けとめていた。しかし或る日、ゴルフ雑誌を読んでいて、「ふむ、」と首をかしげた。Nプロの連続写真に添えられた解説が「Nプロのこの特長はショットを不安定にする要因だ、」とあからさまに批判していたからだ。以来、テレビ中継で小柄なプロのスイングを注意深く観察しつづけた。どんな小さな選手も皆、左足は（がっしりと）大地を摑んでいる。

――インパクトでカカトを上げてはならない。

わたしのスイング改造の最重点目標が決まった。

さっそく工夫をする。むろん自己流の解釈による、自己流の技術導入だ。

スイング・モデルは、青木功プロの《ベタ足打法》だった。テイクバックからインパクト、フォロースルーまでヒールアップを我慢しつづける個性的なスイングだ。これならカカトは上がらない。バカバカしいほど単純、素朴な発想だった。そして二ヵ月間、わたしは——別にそうする必要もないのだが——「極秘裏に」特訓にはげんだ。

週末になると、練習場の一階打席で——いつものように二階打席でないのは、足の裏の感覚を研ぎ澄ますために、土の上でなければならなかったから——青木プロ風《ベタ足打法》の完成に取り組んだ。

両足を肩幅よりも広く開き、上体をぎりぎりまで捻転し、思い切りボールを引っ叩く。根が小器用だから(青木っぽいスイングも)すぐできてしまう。たしかにこの打法だとスウェーせず、ボールは芯でとらえやすく、球筋もこころなしか安定する。カカトを上げないメリットは(ただちに)理解できた。

ただ、動きが制限されて(やたらと)ぎこちない。インパクトからフォロースルーにかけて、とくにフィニッシュは錆びついた蝶番のように(ギシッという感じで)止まってしまう。上半身と下半身がせめぎあって、スイングになめらかさが感じられない。そのぶん、飛距離が落ちるような気がしないでもない。当然だった。わたしにはベタ足のまま上体を九十度以上捻転する青木プロの柔軟性がないのだ。せいぜい七十度ちょいがよいところ。

それ以上肩をひねればスイングはたちどころに崩壊した。それでも、

「お上手ですね、とてもきれいなスイング……」

うしろの打席から甘い言葉で褒められたときは、びっくりした。

本気にするところだった。こぼれるように胸の大きな女性で、どうやら夜のカウンターへカモを呼び込むために練習場へ出張のご様子だった。わたしは下戸なのに大酒呑みの顔をしている。そのせいで声をかけられたのだ。女性の商売熱心に感心しつつ、どういうわけか、わたしはフィニッシュで（かっこよく）止まる時間を長めにしていた。

しかし血の出るようなこの努力も、コースに出ると水泡に帰した。

「インパクトのとき、カカトが上がっているかどうか、見ていてくれる」

ティイングぐランドに上がるまえに——浜田くんたちに聞こえないように——キャディさんに小声で頼む。そして「いま、わたしは練習場の一階打席にいるのだ、」と自分にいい聞かせつつ、思い切りスイングする。

「どうだった？」

「上がってたみたい、ですけど、カカト」

「嘘だろ」

「嘘じゃありません」

「じゃあ、また次のティショットでね」

曖昧に笑いつつ、再度、キャディさんにお願いする。

「こんども、上がってたみたい、ですけど」

大竹しのぶに似た女の子は「いい加減にあきらめたら、」という目つきだ。

わからない。練習どおりに「ベタ足」でしっかり打ったはずなのに、ティインググランドのボールを前にすると、無意識にカカトは浮き上がってしまうらしい。徳川社長のいったようにこれは個性と解釈するしかないのだろうか？

だが、飛距離はともかく、ボールはおおむねよい方向に飛んでゆく。ベタ足打法の成果が出ているのだ。現状はこれで満足すべきなのかもナ。さらなる工夫をしてみよう……と、雑念が入ったとたん、リズムが崩れ、クラブヘッドが暴れだす。例の持病が顔を出す。そして二度とモトにもどらない。そのくりかえしだった。

わたしは書棚の奥から、古い写真の束を引っ張り出す。

ゴルフ場がサービスで（千円と有料だが）撮ってくれたスイングの連続写真だ。テイクバックからフィニッシュまで、どれも上下六カットずつ、計十二カットが一枚の印画紙に収まっている。

一枚目は、軽井沢リゾートゴルフで撮ったもの。わたしは四十二歳。まだ丸谷に負けぬくらいの（ふさふさした）髪の毛がある。ドライバーはパワービルトのパーシモン。紺のコットンパンツに、ブルーのポロシャツ、ブルーグレーのニットのベストを着て、じつに若々しいスイングだ。

上半身の捻転もじゅうぶんだし、両膝の送りもじつに見事だ。ところがグリップが右腰まで降りると両足のカカトが上がりはじめ、インパクトで左足のカカトが大きく浮きあがり、カカトが着地するのはフォローでクラブが前方へ真横になったとき。そこから一気にフィニッシュの最終カット。上体はきれいに打球方向を向いているが、両腕が硬直し、クラブヘッドが天を指して止まっている。

それでも全体的に見れば、まあまあのスイングと評していいだろう。とりわけ身体のしなりかたは、自分とは思えないほどしなやかだ。カカトの上がりかたも咎めるほどでない。徳川社長に指摘されて努力した結果、と想像される。

二枚目は、その三年後。箱根のパブリックコースで撮ったこの連続写真は「無残」としかいいようがない。箱根の三月はまだ真冬で。ウインドブレーカーをはおり、いかにも凍えたスイングで、両カカトはバレリーナのごとく上がっている。

ダウンスイングの開始から肩にその予兆が感じられ、力みが両脚に伝わり、グリップが右腰に届くやいなや両脚がつっぱり、インパクトゾーンで全身が浮いたように伸び上がり、棒立ちのままでフィニッシュを迎えている。

どういうわけでこんな劣悪なスイングにもどってしまったのか？　この年の夏、わたしは満四十六歳を迎えているが、齢のせいとも思えない。

三枚目の連続写真は、さらに四年後、大宮のひばりゴルフコースだ。薄いグレーのパンツに白いポロ、白のシューズに白のサンバイザーといかにも涼しげなわたしが、アイアンでティショットをしている。アイアンのせいか、スイングに破綻は見られない。というより垢抜け、安定しているほうだ。しかし例によってグリップが右腰に来ると両脚がつっぱり、カカトが上がりはじめている。早や五十歳。身体のしなりは失われ、棒立ちのスイング。でも、この頃のわたしはハーフ40台の前半が日常だった。安宅さんと鷲之台カントリー倶楽部で「ハーフを30台で回る、回らない」で五千円の賭けをしていたくらいのものだ。

そしてもっとも新しいのが、その六年後、蓼科のグリーンカントリークラブの連続写真で、わたしが振っているのは最新のメタルのドライバー。

しかしスイングはまったく変わらず。グリップが腰の位置に降りると、計ったように左脚がつっぱり、両カカトが浮き上がっている。思えば、わたしも五十五歳。派手な柄のショートパンツとハイソックスで気どっているが、両脚が丸見えのぶん、たるんだ筋肉のようにスイングの欠点も露わになっている。サンバイザーの頂点が太陽光を反射しているのも侘しい。つきあいゴルフの頻度は、増えこそすれ減ることはなく、だがスコアは日々西に傾き、スコアに対するこだわりすら薄れ、衰える体力をいいわけにして自堕落になっていくじぶんに気づきはじめた頃だ。

それにしても、四十二歳から五十五歳までの十三年間、理想のスイングを求め、改造に改造を重ねてきたはずが――こうして連続写真を見るかぎり――いっこうに進化していない。原型はまったく同じといってよい。

ということは、十三年経った現在も変わっていない、と見るのが妥当なのではあるまいか？　その我が愛しいスイングを、丸谷はあからさまに「最悪だ！」と断じた。いったいどこが「最悪」なのか。この連続写真で、こと細かに指摘してもらおうじゃないか。ランニングやアンダースロー・ピッチングもいいけれど、たまにはゴルフの技術論をしてもらわないとな……。

第五章　あとから基礎はつくれない

「おやおや、」

連続写真を見て、丸谷はにっこりした。

「いいものをお持ちですね」

「一枚目は二十六年まえです。アベレッジ84くらいでまわっていた当時のスイングです」

わたしはすこし胸を張って説明する。

「私としては上出来のスイングだと思っているのですが？」

丸谷は写真をベンチに並べながら、うなずき、またうなずく。

「そのほかのヤツは、あまり好くない、と自分でも判っています」

そよ風としか呼べない爽やかな風の吹く朝だった。いつものトレーニングを終え、わたしも丸谷も汗まみれになっている。

「なるほど、」

丸谷は感じ入ったようすで首筋の汗をタオルで拭いた。

「どの写真も、5カット目にグリップが右腰にきていますね」

「えッ？」

わたしはベンチに並べられた連続写真を見なおす。気がつかなかったなあ。たしかに、どれも正確に、5カット目にそのポーズを印画紙は焼き付けている。目のつけどころが違うなあ。やっぱり丸谷はレッスンプロだなあ。

「これが妹尾さんのスイング・テンポなんですね」

「それはいいことなんでしょうか、悪いことなんでしょうか？」

「つねに正確なテンポ、という意味では長所ですが、これがスイングスピードの限界、という点では考えものです」

テンポとかスイングスピードとかは、どうでもいいんだ。

「スイングそのものは、どうでしょうか？」

幼稚園児が先生の褒めことばを待つように、わたしは熱い視線を丸谷にそそいだ。

「最悪ですね」

突風が吹きつけた。

わたしはあわててベンチの連続写真を両手で押さえた。

午後。東京へ出た。

かつての同僚に会い、茶を飲みながら世間ばなしをするためだ。こんな用事でもないかぎりいまは通勤電車に乗って遠出することもない。東京行きにはもう冷房が入っている。うっかりすると足首から風邪をひきそうだ。乗客も、わたしと似たり寄ったりの定年退職者風がほとんど。座席は空いていたが、加齢臭の列に並ぶのも嫌だったから、わたしは陽射しの差し込むドア際に立った。

昔の仕事のクセで、(つい)上を見上げてしまう。

額面広告に目がゆく。

一流企業の掲出がほとんどない。やっぱり景気ははかばかしくないのだ。忌み嫌われた広告主サラリーマン金融に代わって、そのサラ金にいじめられた利用者を救済するという宣伝(弁護士事務所)がのさばっている。

そういえば、広告業界ではサラ金の広告を「毒まんじゅう」と呼んでいた。日本経済が下火になりはじめた頃だ。広告会社はマス宣伝——とりわけテレビCM——に関心を寄せるサラ金をスポンサーとして無視できなくなっていた。だが、悪評の高いサラ金とつきあうのは社会的信用に関わる。とはいえ目の前に転がっている大量の宣伝予算を見過ごすわけにもいかない。で、このジレンマを「毒まんじゅうを喰らう」といって、みずから卑下したのだ。わたしは誰よりも早くサラ金を担当している。四十歳になるかならぬときだった。命令した広告会社の役員に「本気ですか？」と訊いたら、「まあ、上手にやれや、」としんねり返事された。付き合ってみれば、むかしの質屋さんが「まっとうな」商売であったように、相手は「まっとうな」会社だった。「まっとう」でないのは、消費に浮かれ、経済観念のまったくない客だった。その経済観念皆無の客をカモにして、いまは有象無象の法律事務所が「正義の味方」を演じている。これも時代の流れなのだろう。

そんな中に、目を惹く広告が一つあった。某予備校の額面広告だ。

「あとから基礎はつくれない」

キャッチフレーズが光っていた。デキのよさに感心し、おもわず吹き出す。まじめに勉強してこなかった受験生たちの苦りきった顔が目に浮かぶ。平凡の非凡というやつだ。間違いなくこれは新人賞ものだ、とわたしは評価した。が、同時に背筋を（つるつるッと）冷たいものが滑り落ちた。

——丸谷は、きょうもわたしのスイング（それも四十代の絶好調時の連続写真だ）をあからさまに「最悪！」と断じた。これは、わたしのスイングは「基礎ができていない」という意味ではないのか？

　車窓から飛び去る景色をながめながら、いつの間にか、わたしは《イヤイヤ体操》をはじめていた。日に五百回をこなすには、とき、ところを選ばずに実行しないと消化できないせいもあるが、《イヤイヤ体操》が二五〇ヤードの基だ、という丸谷のことばを思い出したからだ。優先席に座った若いママと三つくらいの少女が不思議そうにわたしを見ている。

「あとから基礎はつくれない」

　銀座駅に着くまで、額面広告を見あげるたびに、わたしはため息をついた。額面広告から二つの声が絶え間なく聞こえてくる。「飛躍とは頑強な基礎の上に生まれるものだ、」という天使の教えと、「しかし、もう貴様は遅いぜ、」という悪魔のせせらわらいと。


　翌日はトレーニング半ばで、にわかに本降りになった。

　わたしたちは丸谷の軽自動車に逃げ込んだ。

「しばらく、やみそうにもありませんね」

「十五分すればやみます。それまで待ちましょう」

　暗い空を見上げながら、丸谷は仙人のような目でうなずく。

　軽自動車の狭い空間に閉じ込められて、丸谷がぐんと身近になったように感じられる。

なにしろ同じ誕生日だ。同じように終戦後の焼け跡の臭いを吸って育ったんだ。

「丸谷さんは、どちらの生まれですか？」

「東京市小石川区。いまの東京都文京区です」

戦前と戦後、変化した住居表示と、例によってスキのない返事がかえってくる。

「文京区はどちら？」

「表町です」

「嘘でしょ？」

おもわず、わたしは失敬な言葉を発してしまう。

わたしが育ったのは、文京区柳町。表町は柳町に接したとなり町だ。昭和十七年八月三十日と誕生日も同じなら、生まれ育った界隈までいっしょではないか。隣り合ってはいるが、川っぷちと高台で、町の色合いはまったく違った。川っぷちの柳町の子どもらは母親を「かあちゃん」と呼んだが、表町の子らは、だれもが「おかあさん」と呼んでいた。小石川伝通院の表通りという縁で、オモテマチと名がついた。そこはかとなく品のただよう町なのだ。

「二軒となりが、幸田露伴の家だったそうです」

あ、それは知っている。小学校の先生に「文京区には文学の歴史に残る人がたくさん住んでいました。幸田露伴もそうだし、石川啄木も、樋口一葉もそうです。これは自慢にしていいことです、」と教えられ、わざわざ露伴の家の前まで行ったことがある。

「じゃ、学校は柳町小学校ですね？」

図星だろうと思って質問したら、

「礫川小学校です」

かくべつ興味もなさそうに、丸谷は答えた。

しかし、この二つの区立小学校は似たような木造モルタルの二階建て校舎で、当時、棟を接して建っていたのだ。柳町小学校から、ふだんは鍵のかかった裏口を抜け、暗い、スノコの渡り廊下を伝って行けば、もう礫川小学校の校庭だった。二十五メートルプールは礫川小学校にしかなく、両校共用だったから、真夏になると、わたしら柳町小学校の児童は渡り廊下をつたって泳ぎに行ったものだ。懐かしい。じつに懐かしい。水泳のあとのアイスキャンデーを思い出す。たしかイチゴが一本五円、アズキは十円だった。ミルクなどというしゃれたアイスキャンデーはまだなかった。たしか青林堂という和菓子屋さんだった。きっと丸谷も青林堂でアイスキャンデーを買ったくちにちがいない。

「ところで……」と、丸谷がいった。

「妹尾さんは、スイングの基礎はなんだとお考えですか？」

唐突に風向きを変えられて、わたしはめんくらう。しかも質問は、きのう一晩考えても答えの出なかった難問ではないか。

「レッスン書には、グリップとか、スタンスとか、ヘッドスピードとか、さまざまに書かれていますが、それらすべてのファンダメンタルとなるものです」

フロントグラスを叩く雨を見つめつつ、丸谷は話しつづける。そしてさりげなくワイパーのスイッチを入れると、わたしの心臓を（いきなり）引っつかんだ。

「じつは、妹尾さんの『悪いスイング』がいつまでも治らなかったのは、そのファンダメンタルがなっていなかったからです」

「……」

ワイパーが流れ落ちる水滴をきれいにかき分ける。その向こうに見えるのは、あの電車にあった中吊り広告だ。

「妹尾さんのスイングは自己流です。自己流が悪いわけではありませんが、ファンダメンタルから外れた自己流だったのが、不幸のはじまりでした。本で勉強し、週に二度の猛練習をしつづけたにもかかわらず、成果は上がらない。これはレッスン書が間違っていたからではありません。プロの教えは、すべからく『正しいファンダメンタルを前提としている』ことに妹尾さんが気づかなかっただけです」

「……」

「たとえば、スイングプレーンです」

「スイングプレーンとはなにか、ご存知ですよね？」

もちろん知っているさ。スイング中に腕とクラブが描く面のことだ。

「その正しいスイングプレーンが、妹尾さんの身についていません」

目の前で、ワイパーが気持ちよさげにスイングしている。見よ、これこそが正しいスイングプレーンだといわんばかりに。

「では、正しいスイングプレーンを生み出す前提は何でしょう？」

知ってりゃこんな苦労はしていない。

「正しいタイミングです」

「タイミング？」

「妹尾さんは、スイングのタイミングがなっていません。正しい×《掛ける》正しいは『正しい』ですが、間違い×正しいはどこまで行っても『間違い』になる理屈ですからね。つまり妹尾さんは四十年間、間違ったタイミングで『練習のムダづかい』をしてきたわけです」

「……」

「その正しいタイミングを一年かけて妹尾さんのカラダに滲みつける、それが僕のドリルの目的です。あはははは」

雨粒が音をたててフロントガラスを叩く。金網のフェンスに立てかけてあるママチャリが、びしょ濡れになって途方に暮れている。

雨は、十五分でピタリとやんだ。

丸谷の予告したとおりだった。

書斎に、雨で洗われた日差しが差し込んでくる
壁際に、キャディバッグが所在なげに立っている。フードは開かれたまま。4番アイアンのヘッドだけが、咲きかけた銀色の百合のように突き出ている。これは素振り用のクラブで、取り出しやすいように（いつも）そうしてある。コーヒーカップを置いて、書棚から本を一冊ひっぱり出す。窓を開け、表紙にうっすら積もったホコリを吹き払う。ベン・ホーガンの『FIVE LESSONS』だ。
ロケに行った同僚のアメリカ土産である。初版は一九五七年に出ているが、その再販本（一九八五年版、ゴルフダイジェスト社、定価一六ドル九五セント）で、写真はいっさいない。代わりに写真をもとに描いたアンソニー・ラビエリの味のあるペン画が、ふんだんにレイアウトされている。じつに懐かしい。「ああ、そうだった、」と思い出す。

会社のコンペにデビュー早々、ゴルフがひと筋縄ではいかない相手であることを思い知らされ、わたしはひまさえあれば入門書を探し求め、書店を渡り歩くようになっていた。しかし宣伝屋の皮肉で、「アナタにも〇〇できる！」といった類の本をハナから信用しなかった。ゴルフの入門書も（例にもれず）口幅ったくていえないようなタイトル本ばかりが並んでいる。出版社の下劣さに嫌気がさし、あきらめかかったとき、有楽町の書店の平台に文学書と並べて置かれていたのが、邦訳された『FIVE LESSONS』（日本版タイトルは『ベン・ホーガンのモダンゴルフ』）だった。

アベレージゴルファーは正しいスイングを繰り返すことによって80を切れる、と私は信じている。

冒頭に書かれたベン・ホーガンの言葉は、過剰でなく、誠実で真実味があった。サブタイトルは『モダン・ファンダメンタルズ・オブ・ゴルフ』。ファンダメンタルを「基本」と訳すか「基礎」と訳すか、「原則」とするか、いずれにしても知的で節度あるその内容に狂喜し、一冊を手にキャッシュレジスターに走ったのだ。

「四十年間、練習のムダづかいをしてきた、か」

表紙のベン・ホーガンは、しっかりと脇を締め、トップの位置とグリップのカタチを確認しつつ、満足そうに口もとに笑みを浮かべている。わたしもスイングまえに同じルーチンを繰り返してきたが、どうやら猿マネでしかなかったらしい。

コーヒーを飲みほすと、わたしはおもむろに《イヤイヤ体操》をはじめた。

きょうから新型の《イヤイヤ体操スーパー》になった。

立ったままでなく、スクワット状態でヒップと肩胛骨を回転させなければならない。それを一日に二百五十回。数は半減したが、下半身に倍以上の負荷がかかる。三十回で息が荒くなる。五十回ずつ小分けにしてやるしかないな。朝一番。昼食の前後。入浴の前。就寝前、と計画を立てる。

4番アイアンが雨あがりの陽を反射している。

第六章　せっかち

レッスンをはじめるに当たって、丸谷はわたしに三つの約束を強いた。

一、指導には無条件に従うこと。
二、レッスン内容について質問をしないこと。
三、許可が出るまでコースならびに練習場に行ってはならないこと。クラブの素振りも控えること。

一と二は、お任せしたのだから当然のことだ。わたしは相変わらずアンダースロー・ピッチングをつづけている。二ヵ月が過ぎて、わたしの投げるボールはほとんどがストライクゾーンをよぎるようになった。球速も「糸を引いたように」とはいえないが、やや、それに近づきつつある。だが「なぜピッチングなのか？」いまだもって理解できていない。プロ野球選手にゴルフをやらせると、バッターよりピッチャーの方が巧いらしい。理由はその辺にあるのかもしれない。そう勝手に考えているだけだ。プロゴルファーの尾崎将司が高校野球のエースだったことは、みんな知っている。西鉄ライオンズに入団したがいっこうに芽が出ず、ゴルフに転向し大成功した。だが、ピッチングとゴルフスイングの関係を詳細に分析・解説した書物をわたしはまだ読んだことがない。

「きょうから僕はバックネットまで下がります。それで五十球とゆきましょう。五メートルほど距離が伸びますが、思い切り前傾し、ヒップを回転して投げてください」

先週から、投球にさらに負荷がかかった。わたしは、ゴルフにかぎらず権威を妄信するところがあるから、こうしたやり方は（いっこうに）苦にならない。不平をいわず、疑問を挟まず、素直にしたがう。しかし困ったのは、（三）だ。

わたしはせいぜいひと月程度のプレー禁止だろう、とタカをくっていた。けれど、ふた月たっても丸谷からお許しが出ない。

（これから先も、いつ許可が出るか、見当がつかない）。

まず元上司の安宅さんから電話が入った。恋之坂カントリークラブのコンペには「きみが参加しないなら、私も欠席する」という。安宅さんは、わたしのプリウスが玄関先まで来なければ長時間かけて電車に揺られて行くほどの気力はないのだ。また、ほかのコンペ仲間からは「まだ具合が悪いのかい？」「今回は参加ですか、不参加ですか？」「ともかくいつ参加できるのか、はっきりして欲しい」と、問い合わせが殺到するようになる。だが約束（二）によって、「いつ解禁になりましょうか？」と質問はできない。そこで腹を決め、ゴルフ仲間全員に手紙を出すことにした。

前略

いろいろご心配掛けております。妹尾は癌で余命幾ばくもないらしい、という噂まで出ているとのこと。当方はいつ殺されてもかまいませんが、死後に「妹尾はドタキャンばかりしていたなあ」と誹られるのも業腹ですので、正直にご報告いたします。

小生、ただいま某レッスンプロの下で特訓にはげんでおります。いまさらなにを、とお笑いになる諸兄の顔が目に浮かびます。しかし笑えるのも今のうちです。なにしろただの特訓ではありません。スイングを「リセット」しております。リセットとは、ご存知のように「ゼロから出直す」という意味です。いままでの小生のゴルフをご破算にして、生まれ変わったゴルフを目指し取り組んでいるのです。そのために、この二ヵ月間、小生ただの一度もゴルフボールを打っておりません。クラブを振ってもおりません。むろんプロの命令です。

新しいスイングの完成予定は（プロの言によれば）一年後です。二五〇ヤードのドライバーショット、ならびに四度に一度の70台がプロの公約です。「まさか、」と笑う諸兄がよく見えます。再度申し上げましょう。嗤笑できるのもいまのうちですぞ。したがいまして、ここ当分の間、諸氏の枯れ枝を振るような、夢のかけらもない、愚痴と言いわけだらけのゴルフにはお付き合いできませんので、悪しからず。

草々

反響は大きかった。

わたしは公式感を出すためにメールを活用せず、封書を用いたのだが、翌日から電子メールがぞくぞくと書斎のパソコンの画面を埋めた。みな定年退職者で、在職中はキーボードなど叩いたことのない、何から何まで女子社員に「やってもらっていた」男たちである。その禿アタマ連中が、肩書き喪失とともにサークルの輪から外されないために、必死に指一本のひらがな入力をしている。

ほとんどが冷やかしだった。「そりゃ、ご立派」と持ち上げ、しかし裏には「二五〇ヤードのドライバーショットなんてできっこないだろう、莫迦！」という嘲笑がきっちりと縫いこまれている。そのくせ、「プロの名前は何という？」「どんなレッスン方法なのだ？」「なぜボールを打ってはいけないのだ？」「レッスン料は幾らだ？」「先生は優しいのか？」等々、好奇心と、そそられる気持ちを誰もが包み隠しきれないでいる。さすがに元シングルの豊臣先輩――すでに七十歳を一つ越えていた――は冷静で、「素晴しいチャレンジです。一年後の同伴プレーを楽しみにしております」と褒めてくれつつ、それでも文末に「無理せず、年寄りの冷や水とならぬように、」と釘を刺している。

「ワッハッハッハッハッハ、みなさん、信じてくれないようですね」

顚末を聞いて、丸谷は呵々大笑した。

グラウンド周囲の木立は新緑から濃い緑に変わりつつある。ふたりのトレーニングウエアも半袖になっている。初夏の日差しを避けるために、わたしはハワイ土産にもらったショッキング・ピンクのベースボールキャップを被っている。だから頭の部分だけが移植手術したように若々しい。

「で、どう思われるんです、妹尾さんは？」

「は？」

「僕のレッスンで、シングルプレーヤーになれると信じているんですか？」

他人事のようにいい、丸谷はスナップを利かせた右手で硬球を空中に投げ上げた。ボールの回転で縫い目がきれいな模様を描く。その落ちてくるのを、わたしは（ハッシと）掠めとり、きっぱり答える。

「私も馬鹿じゃありません。自分の実力がいかほどのものか、承知しているつもりです」

「それは残念ですね」

レッスンを信じてもらえないのが残念なのか、生徒が達観してしまっているのが残念なのか、丸谷はあいまいな感想を述べた。

「でも、六十八歳の可能性を捨てたわけじゃないでしょう？」

「もちろんです、私は楽観のかたまりですから、」

「雲の上はいつも快晴、ガキの頃から私は底抜けのエピキュリアンなんです、思いついたらすぐにやる、成果が出なけりゃ、あたらしい工夫をする、ヒラメキをそのままにしておけないタチなんですよ……、」

わたしはムキになっていた。ムキになると、わたしは声のキーが一段高くなり、かつ早口になる。これもガキのころから変わらない。

――と。

丸谷がわたしの話しをさえぎるように三度うなずき、口元に笑みを浮かべていった。

「よければ、聞かせていただけませんか」

「……？」

「妹尾さんの子どもの頃のこと、」

「いろいろあったんじゃありませんか？　おもしろいことや、辛いこと」


わたしの子どもの頃の呼び名は「ヨチ」である。

近所のおばさんたちは「ヨッちゃん」と呼んでくれたが、男どもは、大人も子どもも「ヨチ、来い」「おい、ヨチ」と呼び捨てた。由比古（ヨシヒコ）が縮まって「ヨチ」になった。そう類推できなくもないが、わたしは違うと思っている。あきらかに犬の「ポチ」に近い「ヨチ」なのだ。いまでも耳の奥で遠雷のように響いているが、「ヨチ！」には犬臭さがぷんぷん感じられる。こましゃくれていたに違いない。大きな子どもたちの尻を、よちよち、よちよち、仔犬のように追いかけてばかりいた。

「そういえば小学校に上がるまえに、こんな事件がありました。真夏の昼下がりでした。あのときの灼けつくような陽差しはいまでも忘れられません」

六歳だった。

上半身裸に吊りズボン、泥まみれでみんなと遊び場から帰ってきたら、道を一本の針金が（だらんと）ふさいでいた。ちょうど胸のあたり。踏みつけるにも、飛び越すにも半端な高さだ。先頭に立ったわたしは、右手でひょいと針金を握り、持ち上げてくぐろうとした。とたんに全身がしびれ、目がくらみ、震えが止まらなくなった。歯がガチガチ音を立て、針金を放そうにも指が開かない。

数秒なのか、数分なのか。どれほど時間が経ったかわからない。気がついたら、家々から飛び出して来たおばさんや子どもたちが遠巻きに騒いでいた。けれど、見ているだけで、誰も手を出さない。作業服を着たおじさんが血相を変えて飛んで来た。ペンチのようなものを腰にたくさんぶら下げている。おじさんは大あわてでわたしの指を一本、一本、針金から引き剝がした。やっと痙攣から解放された。

針金は切れたハダカ電線――終戦直後、焼け跡一帯の電線は被覆されず、剝き出しになっていた――だった。わたしを救ってくれたのは、たまたま断線を修復しに来ていた電気工事のおじさんだった。（おじさんのゴム手袋の感触は六十数年経ったいまも指に残っている）。

小学生になって、理科で人間のからだは電気の伝導体である、と勉強した。うっかり手を出せば感電して巻き込まれる。おばさんたちはそれを知っていて、わたしを助けようとしなかった。アタマでは理解できた。けれど、こころに浅からぬ傷がついたのも事実だった。

「私は、呑みこみの早いほうだったようです」

「……」

「虚空からぱっと花を摑みだす、そんな子どもだったのかもしれません」

「なるほど」

「もうひとつ、忘れらない思い出があります」

寿司屋のサブローと校庭で取っ組みあいの喧嘩をした。

やっつけるにはやっつけたが、校舎の陰からサブローたちに「もらいっ子、もらいっ子、」と囃された。いじわるな、厭な言葉らしい。けれどわたしには意味がわからない。だから家に帰って兄に訊いた。

「それは、おまえが赤ん坊のとき、神田川に流れていたのを拾われたからだ」

真面目な顔で、いかにも秘密をもらすような調子でいわれてびっくりした。神田川に流れていたとはどういうことだ？　あんな汚いドブ川に。

「おまえはうちの子じゃないんだ」

目の奥で火花が散った。

「兄ちゃんの冗談だ。そんなことありゃせんよ」

母にいわれ、肩を抱かれても泪が止まらなかった。

「ごぞんじでしょうが。おまえは捨て子だ、もらいっ子だというのは、きかない子を懲らしめるのに親がつかう常套句でしたよね」

「……」

「でも、どういうわけか、私はほかの子や大人たちにも、もの陰でささやかれることがありましてね。子どもごころに悩んだもんです」

「……」

さっきから丸谷はうなずきもせず、言葉も発しない。

「でも、それ以外はあっけらかんとした子どもでした」

「こういっちゃなんですが、私はあそびの達人でしたからね。ははは」

その焼け跡にできた公園は、夏の夕暮れになると子どもたちの戦場になった。

トンボが――ヤンマの一群が――ドブから湧きあがるアカイエ蚊をめがけ、編隊を組んで飛んでくる。それをいっせいに獲り合うのだ。勝負は陽が落ちたらおしまい。ヤンマが夕陽を追って、西の空に姿を消してしまうからだ。わずか三十分かそこいらに、みんな、技のありったけを発揮しなければならない。

武器は「トリコ」だ。

二尺足らずの糸の両端に「オモリ」を結んだ簡単なもの。それをヤンマの飛んでくる目の先にホイ、と投げ上げる。ヤンマは「オモリ」を小ムシと勘違いし、飛びつく。ひと筋、金色の羽の光が空中を切り裂く。糸がヤンマの羽にからみつき、ヤンマはオモリの重さで落下する。原始的だが、トンボの習性を利用した巧妙な仕掛けだ。

これだと、ヤンマを無傷で捕まえることができる。なかにはトリモチやタモ網を使う子もいた――だいたいが高台の家に住むボッチャン刈りだった――が馬鹿にされた。どちらも「カネのかかる」仕掛けで、捕まえたヤンマの羽はべとべとに汚れたり、折れたりして、エモノとしての価値を減じたからだ。

小学校二年生のとき、わたしはこの「トリコ」に工夫を加えた。それまでは、みんなオモリにツメくらいの小粒な石ころを使っていたが、わたしは活字を使った。近所の印刷工場――界隈は共同印刷をはじめとして、下請けの印刷工場がたくさんあった――にもぐり込み、小さな（いま風にいうなら9ポイントほどの）活字をくすね、それを鉈で半分に切ってオモリにしたのだ。

石ころは糸で縛りにくいうえに、投げているうちに糸が外れてしまう難点がある。また小粒な石ほどヤンマをだまし、近づけやすいのだが、石ころを小さくし過ぎるとトリコ全体が軽くなって、トリコごと持って行かれてしまう弱点があった。

「いまにして思えば、ヤンマの飛翔力はそうとうなものでしたね」

「なるほど」

この問題を、わたしのトリコは解決した。活字は鉛だから米粒ほどでもずんと重い。しかも活字には糸かがりがあって、しっかり糸を固結びしやすい。糸かがりがないときは鉈の歯で軽くたたき、溝をつくる。このトリコで、わたしは大きな子どもたちを抜いて町内の最年少ナンバーワン・プレーヤーにおどり出た。

もうひとつ。

目立った性格をあげれば、わたしは、きわだって「せっかち」だった。

絵を描くと、絵の具の乾くのを待てない。すぐに色を塗り重ねて汚くする。工作でボール紙のクルマを作れば、糊が固まるのを待ち切れず、動かして壊す。いちど家の狭い空き地に、縁日ですくった金魚を放すために、二尺四方の窪み――わたしは池のつもりだった――をつくったことがある。このときも、わたしはセメントの固まるのを待てず、生乾きのセメントに手を出してひびを入れ、なんども塗り直すはめになった。

「乾いて、固まるまでぜったいに触るな、」兄に頭をひっぱたかれて完成したが、こんどはセメントのアク抜きを辛抱できず、早々に金魚を水に放して一匹残らず死なせた。朝起きたら浮き輪のように腹を見せ、ぽかりと浮かんでいる赤い和金に、わたしは呆然とし、両手ですくうと、母に内緒で家の裏に埋めた。

「こんな具合です、あははは……」

これは、かみさんにも、娘にも話したことのない昔ばなしだ。丸谷は子どもの頃、となり町に住んでいたという。どこかで丸谷の記憶と交叉するかもしれない。いや、して欲しい。そんな期待があったから（ついつい）長ばなしになった。

「……で、このせっかちがゴルフにはこう出ます」

ショッキング・ピンクのキャップをかぶり直し、わたしは話をつづけた。

――居間でテレビを見ている。ゴルフ番組だ。プレイオフを待つスウェーデンのプロが奇妙なことをしている。右手をひろげ、親指を頭のてっぺんに突き刺すように立てて、じっとしている。あれはなんだ？「もしかしたら、」と何かがひらめく。

テレビの前で同じことを繰り返しやってみる。たぶん上半身の正しい捻転を確認しているのだと推理する。もう（いたたまれず）ナイター設備のある練習場に向かう。巧くいけばいい気持ちで家に帰り、巧くいかなくても、「こんどはこうやってみよう、」と新しいひらめきを胸中に、これも楽しく家に帰る。

「おわかりになりますか？」

「呑み込みが早く、せっかちで、すぐに結果を知りたがる、ヨチがトンボと戯れたように私は小さな白いボールと戯れているんです」

丸谷は長い髪を両手でかきあげると、何かを口に出しかかったが、ごくりと呑み込んで、遠い空を見ていた。

第七章　マッスル・メモリー

「明日からは、朝五時に集合しませんか？」

吹き出る汗を拭いながら、丸谷がいった。

「陽の上がるまえの、涼しいうちにトレーニングを片づけるのはどうでしょう？」

「いいですよ、私は何時でも……」

禿げアタマにタオルをのせて、わたしは答えた。これからママチャリで家に帰り、シャワーを浴びて、一缶、冷えた梅酒をすする。それが日課になっていた。朝五時からだと、トレーニングが終わるのは七時頃。七時半から梅酒を飲むのは、さて、どうしたものか。

（じつは、わたしは奈良漬ふた切れで赤くなる下戸なのだ）。かみさんは、いい顔せんかもな。それより問題は朝メシだ。会社づとめ当時は、四時起きのゴルフでもかみさんは朝食を用意してくれたものだが、いまは六時起きのゴルフでも敵は白河夜船だ。

トレーニングは四ヵ月を過ぎ、わたしは最初のグラウンド五周——約一キロ——を五分で走れるようになっている。丸谷がペースメーカーになって、気づかない程度にスピードを上げてきたのだ。先週からは半周の全力疾走が加わった。アンダースロー・ピッチングは、さらに五メートルうしろに下がり、三塁ベースからバックホームする距離になっている。左投げはピッチャーマウンドから。小学生並みにだが、いい球を投げられるようになっている。ちなみに〈腕立て伏せ・腹筋・スクワット〉の基礎体力強化セットは、それぞれ三十五回を越えている。もっとも進化したのは《イヤイヤ体操》だろうか。いまは歩いているときでさえ（無意識に）肩胛骨が滑る。

「バットの素振りはどうですか？」

「ちゃんと、ヒップを回転していますね？」

「はい、おもいきり」

腰でなくヒップ——丸谷の言葉の真意を、わたしはようように探りあてた。ベン・ホーガンの『FIVE LESSONS』に、こう書いてあった。

The downswing is initiated by turning the hips to the left. The shoulders, arms, and hands—in that order—then release their power. The great speed developed in this chain action carries the golfer all the way around to the finish of his follow-through.

日本のレッスン書のことごとくは、これを「ダウンスイングの『腰の回転』……」と訳す。おおいに誤解を招く表現だ。なぜもっとリアルに『尻の回転』といわないのか。わかりやすいはなし、我が家のかみさんにとって、腰は太さの気になる「ウエスト」であり、尻はたるみの心配な「ヒップ」であり、二つはまったく別物なのだ。

「最初と比べて、変化はあらわれましたか?」

「バットが軽くなったのと、バットのヘッドスピードが速くなったような気がします」

「うむ、うむ」

二度うなずき、丸谷はにっこりした。

「では、明日からは《こんにゃくスイング》に移りましょう」

「こんにゃく?」

「そうです、ポイントは六つあります」

そういって丸谷はベンチの下に落ちていた小枝を拾い、それをバット代わりに実演して見せた。

①全身をグニャグニャの《こんにゃく》にする。

②バットを（小鳥を摑むくらいのやわらかさで）握る。このゆるいグリップはフィニッシュまで変えてはならない。
③バットヘッドを肩と水平に（ぶらんぶらん）と。徐々に大きく。
④ヒップの捻りでテイクバック、バットヘッドでうしろ首をドン！。
⑤それをきっかけに、キュッとヒップターン。
⑥バットヘッドがドン！　とうしろ首を叩いて、それがフィニッシュ。
これをリズミカルに、まいにち二百回。「ゆるゆるのグリップ」と「水平スイング」、「ヒップターン」の三つを、丸谷はしつこく強調した。

気温は三十度近くになっているのだろう。樹陰のベンチに座っていても暑い。クロアゲハが一匹、一塁側のベンチ際に咲くノウゼンカズラへ向かって飛んでゆく。

「妹尾さんは、岡本綾子プロを知っていますよね？」

「もちろん」

「彼女は昭和二十七年四月二日生まれで、僕らとは十歳違いです」

（またか、）とわたしは呆れた。青木功プロのときもそうだったが、この男は他人の生年月日を覚える趣味があるのだろうか。客の誕生日を営業活動につかう酒場のママならともかく、おぼえて何の役に立つ。

「岡本プロがソフトボールの選手だったことは、ごぞんじですよね」

「ピッチャーで、左腕の剛速球投手で、国体にも出場した、と何かで読んだことがあります」

「四番の強打者だったことは？」

「知りません」

「岡本プロがゴルフをはじめたきっかけは、ゴルフスイングはバッティングと同じだ。しかも止まっているボールを打つのだから空振りもしない、と思ったからだそうです。海老沢泰久の『ゴルフが好き――岡本綾子の生き方』という本に書いてあります」

「だれかさんと似ていませんか？」

そういって丸谷はわたしを見つめ、にたりと笑った。

「……？」

ゴルフに初めて接したとき、わたしの脳に組み込まれたのは――ゴルフはバットがクラブに変わっただけのもの――という強固な信念だ。加えて地上に止まっているボールを打つ〈じつにくだらない遊び〉という偏見だった。

偏見のほうは日を置かず「けっこう手強いぞ」という認識に急傾斜したが、スイングについての考えかたが変わることはなかった。範とする豊臣先輩のスイングにしても、わたしの目には外角低目をセンターに打ち返すバットスイングとしか映らなかった。つまりスタート時点に関するかぎり、丸谷のいうように、わたしと岡本プロはいっしょなのだ。しかし、それがどうした？

「同じ野球出身なのに、なんでゴルフにこうも差がついてしまったんでしょうかねえ？」

もってまわった質問の仕方ではないか。

「才能の違いでしょう。岡本プロと私は身体能力が違う。理由はそれしかありませんよ」

「ほんとにそう思われますか？」

もちろん思ってやしない。飛ばすといっても岡本プロは女だ。プロ以上とはいわないが、プロ以下だと思ったことなどあるものか。

――と、

「そのとおりです、」

まるでわたしの胸の内を見透かしたように、丸谷はうなずいた。

「岡本プロと妹尾さんの差は、才能でも、体力でもありません。差は野球の違いにあったと僕は考えています」

「野球の違い？」

「そうです。妹尾さんは小さいときから高校まで軟式野球をしていましたよね。岡本プロは中学からソフトボールをはじめました。それを高校、実業団と、九年間つづけました。同じ野球でも、この二つは似て非なるところがあるんです。いい機会ですから、妹尾さんの野球はどんなだったか、とりわけバットスイングはどんな風だったか、子どもの頃のお話をしていただけませんか……」

——小学五年生のわたしが野球でめざしたのは、バットを短く握り、ボールに「ポコン!」と当てて、内野手の頭上をハーフライナーで越えるヒットだ。軟式野球のボール(いわゆる軟球)は空洞のゴム製で、自体反撥力があり、ジャストミートすればソコソコに飛んでゆく。むしろ強振しすぎると、ボールは(ぺちゃんこに)つぶれ、扁平になってあらぬ方向に飛ぶ癖があった。あるとき、監督が甲子園に出場したことのある高校の野球部員をグラウンドにつれて来て(模範の)バッティングを見せてくれることになった。どこまで飛ばすのだろう。わたしたちは目を皿にして見つめた。が、インパクトの瞬間、ボールは真二つに割れてしまった。野球部員は苦笑し、以後、バットを振り切らず、トスバッティングのようにやわらかく打ち返すだけになった。それでも軽く外野手の頭上を越えてゆく。そんなふうだから、わたしたちが大振りして空振りでもしようものなら、監督に

「バカたれ！」と一喝され、即、ベンチに入れられた。チーム柳町モンキースの目標は後楽園球場で実施される決勝トーナメントへの出場である。監督はなにがなんでも勝利にこだわる男だった。いっぽう子どもは子どもなりにレギュラーの座にこだわるから、監督にいわれたとおりにボールをバットの芯に当てるだけの「直線的な」「コントロール優先の」打撃に慣れていった――


「手打ちでも、バットに当たれば飛んでゆく、それが軟式野球のボールです」

こころもち丸谷の口ぶりが教師然としてくる。

「しかし、硬球やソフトボールはそうはいきません。内野手の頭を越えるにも、振り切るバットスイングが必要です」

その個性を見せつけるように、丸谷は手にした硬球を（どたッと）地面に落とした。

「しかも、硬球やソフトボールのバッティングで重視されるのは、塁間を抜く打球の速さですからね。そのためには、バットのヘッドスピードを（最大に）しなければなりません。で、岡本プロはごく自然にヒップターンしてヘッドを走らせる感覚を身につけた。というより、つけざるを得なかったんです」

「ところが妹尾さんはどうでしょう。バットをボールに当てる感覚だけを身につけて、バットのヘッドを走らせる動作を無視してしまった」

「うむ」

「クラブを振り切らずボールに当ててにゆく。これは妹尾さんにかぎりません、草野球で野球を覚えた人の特長だろう、と僕は考えています。皆が皆そうとはかぎりませんが、草野球あがりのゴルファーは（おおむね）似た傾向を持っています」

わたしはウツウツたる思いで耳を傾けている。

それにしても、きょうの丸谷はよくしゃべる。

「岡本プロが初めてクラブを握ったのは二十一歳で、研修生になって二ヵ月後のことだったそうです。そのとき、池田カントリー倶楽部のプロは岡本プロにこう教えたそうです。ボールなんか曲がってもいいから、とにかく思い切ってクラブを振り抜け。手加減してボールをコントロールしようなどと思うと、飛ぶボールも飛ばなくなる。これはゴルフでいちばん大切なことだと」

「うむ」

「岡本プロはこのことばの意味をすぐ理解し、苦もなく実行しました。ヒップで回転しつつリストターンする、ヘッドを振り抜く感覚がソフトボールで身についていましたからね」

「なるほど」

「ところで、妹尾さんはこのプロの言葉をどう思われますか？」

「もう一度、いってください」

「ボールなんか曲がってもいいから、とにかくおもいきってクラブを振り抜け。手加減してボールをコントロールしようなどと思うと、飛ぶボールも飛ばなくなる。これはゴルフでいちばん大切なことだ」

「もちろん、肝に銘じていますよ」

この四十年間、わたしはスイングの練習をしつづけたが、独学でスイングの勉強もしつづけてきた。だからスイングに関する書物の読破量は並大抵でない。これが医学の専門書だったら、ドクターか、医事評論家くらいになっていたろう。そしてそのすべてが、例外なく、「クラブは振り抜くもの」と強調していたのだ。だが、当時のわたしにとって、それは取るに足りない課題だった。「そのとおりのことをしている、」と思い込んでいたからである。ところが年齢とともにゴルフの勢いが止まり、壁にぶつかると、(ヤケに) そのことが気になりだした。とりわけケン・ベンチュリの言葉に出会ってからというもの、それは深刻な問題となり、その解決は残された我が生涯の大事業になった。

ケン・ベンチュリは、悪しざまにこういっていた。

「良いプレーヤーはクラブを振り抜きスイングするが、下手なプレーヤーは親の仇のようにボールを打ちにゆく」

以来、わたしはティイング・グラウンドに立つたびに「振り切れ！」「振り抜け！」と自分にいい聞かせつづけてきた。その回数は一万回を越えているだろう。しかし九千九百九十回はその功なく（ががッと）親の仇のようにボールを打ちにいっているのだ。

「練習場ではできるんですが、クラブハウスの玄関にキャディバッグを降ろした瞬間、私はケン・ベンチュリのいう『下手なプレーヤー』に変身してしまうんです。クラブが振り抜けなくなるんです。ワケがわかりません」

「ワッハッハッハ」

丸谷が大笑いする。

「これも軟式野球のせい、でしょうか？」

徳川社長にいわれた言葉が頭に浮かび、わたしは遠慮がちに質問した。

「これは、私の個性と考えてよいので？」

「ワッハッハッハ」

さっきから、患者を前にして丸谷は医師にあるまじき笑いかたである。

「ワッハッハッ。ところで妹尾さんはマッスル・メモリーという言葉をごぞんじですか」

「？」

「三つ子の筋肉百までも、といいましてね。いかに脳が『振りぬけ!』と号令をかけても、いざボールを前にすると、妹尾さんの筋肉は造反するんです。ワッハッハッハ」

我が家には、エアコンがない。

涼は網戸を通して入ってくる風だけがたよりだ。その風もいまはムッとする熱気である。わたしはランニングシャツに麻のステテコ、首にタオルというくだけた——はっきりいってだらしのない——格好でいる。机の上には梅酒の空き缶、そのとなりでアイス・カフェオレのグラスが(びっしりと)汗をかいている。

三つ子の筋肉、百までもか……。

丸谷のいった「最悪」の意味が理解できたような気がする。

わたしにはタチの好くない——要するに正しくない——マッスル・メモリーとやらが、こびりついているにちがいない。しかし六十年まえに身につけ、連綿と使いつづけてきた筋肉の記憶を(あっさりと)消し去れるものだろうか?

第八章　ストレッチ・リフレックス（伸張反射）

朝まだき、書斎のガラス窓を開ける。ひんやり、外気が室内に流れ込んでくる。いつものようにカサブランカ（純白のオス猫・十歳）が窓枠に飛び上がり、風上に鼻面を向けて世間の動向をさぐる。人間ならわたしと同年輩だが、わたしより好奇心にあふれている。空は晴れ、雲ひとつない。きょうも暑い一日になりそうだ。

さっそく《イヤイヤ体操スーパー》を五十回。終えると、カロリーメイト（ゼリー）をすすりながら、パソコンの電源を入れ、メールボックスを開く。トレーニングに行くまえに、これだけはチェックしておくのが習慣だ。安宅さんからメールが届いている。例の、月一回の恋之坂カントリークラブのコンペの報告だった。

安宅さんは恋之坂のコンペの重鎮だから、さすがに五ヵ月つづけて欠場するわけにいかなかったのだろう。朝五時起きで、電車を乗り継ぎ、二時間かけてコースまで出向いたらしい。キャディバッグは宅急便で送るからよいとしても、七十五歳の老体にこの長旅はしんどい。理由はもとよりわたしの不出場（プリウス）にあるが、こればかりはいかんともしがたい。六十八歳にして新しいゴルファーとして生まれ変わるために、わたしの決意は世間の義理を欠くほどに強固なのだ。

安宅さんからのニュース第一項目は、豊臣先輩が心筋梗塞で倒れて入院したことだった。危機は脱したらしいが、ゴルフはとうぶんお預けになった、好きな煙草も駄目になりそうだ、と同情しきり。

第二項目は、コースでの脱糞事件。

初参加の長宗我部氏が、クラブも持たずに、七番ホールと八番ホールを区切るまばらな松林に入って行った。これを見て、一組うしろの安宅さんたちは「ボールを探しに行った。」と思った。が、長宗我部氏は急に便意をもよおし、排せつに向かったのだった。運悪く、尻を拭くペーパーがなかった。代わりに猿股を使い、湯気の立つものにかぶせ、意気揚々と第二打地点に向かった。これが、パーティ解散後、「笑い事では済まされん」と大問題になった。長宗我部氏は所用で早退している。「歳をとると尻の穴もゆるむからな、」「いや、あれは持病らしい。通勤電車の中でも急にもよおすことがあったそうだ」。同情する声もあったが、「他人のボールがそのあたりに飛んでいったらどうするんだ？　エチケットがなっとらん」「あとは野となれ、山となれはいかんよ、」と除名の声も上がった。とりわけ恋之坂のメンバー連中にそれが強かった。もめにもめ、裁決は安宅さんに委ねられた。「弱った。きみの意見を聞かせてくれ、」と末尾に付け足してある。

第三項目は、またもや吉良の優勝だった。

これで、吉良は初参加以来、六回の大会で三勝したことになる。おおいにめでたい記録だが、みんなは吉良の快挙を心から祝福していないようすだった。

理由は、吉良のスピーチにあった。

「優勝できて僕はうれしい。しかしハンデキャップ0の僕が、グロス82、ネット82で優勝というのはいかがなものか。10オーバーの優勝では、女房にもいばれない。あまりにもレベルの低いコンペではないか」

そんな意味のことをしゃべったらしい。しかもいうにこと欠いて、「この際、みなさんのハンデキャップを適正な数字にもどすべきだ、」と提起したらしい。

このコンペはすでに百回を超える伝統があり、優勝者はそのたびに——次にたやすく優勝できないように——大幅にハンデキャップが削られてゆく。だからいつの間にか、ほぼ全員がシングルになってしまっている。しかし、これもほのぼのとした伝統のひとつであり、吉良のような新参者が口出しすべき問題ではない。それだけならまだしも、(たぶん安

宅さんがわたしに伝えたかったのはこの一件だろう）
「みなさんも、妹尾くんのように奮闘努力すべきだ、」と参加者を見下ろして、いい放ったらしい。平均年齢七十二歳の座は、残り少ない髪のように白けた。生涯の努力はし尽くした、あとは余生を気楽に過ごそうというお歴々に、なんたる無礼千万、無定見な発言か。ゴルフの楽しみかたは一様ではない。人それぞれに、それぞれのゴルフ人生があるのだ。空気が紙ヤスリをかけたようにざらついた。吉良も自分の行き過ぎた――正直すぎたともいえる――発言に気づいたが、手遅れだった。仕方なく笑いをとろうと（にたにた）キツネ笑いしながら、こんなオチをつけたそうだ。
「まあ、妹尾くんの努力は徒労に終わると思いますが、うっはっはっはっは」

「おやおや、」

丸谷はくすりと笑った。ランニングを終え、キャッチボールで肩慣らしをしている最中だ。

「では、頑張らないといけませんね、ウッフッフ」

この淡白な笑いに、わたしはがっかりした。吉良の言動が丸谷をいたく刺激し、「ならばトレーニングをスピードアップして、その吉良とやらを叩きのめしましょう！」と、気負った返事を期待していたからだ。

「では、きょうはあそこから投げてもらいます」

丸谷はセカンドベースを指差す。

それにしても、アンダースロー・ピッチングも六ヵ月を過ぎた。そろそろゴルフクラブを握ったレッスンに移ってもいい頃ではないかと思いつつ、わたしは丸谷のキャッチャーミットに伸びのあるボールを投げ返す。リリースで（ぐいっと）上体を沈めつつ、すばやくヒップを切って地面すれすれに右腕を振る。黒光りした硬球はピッチャーマウンドを頂点とした放物線を描き、乾いた音を立てて丸谷のミットに納まる。

返球より先に、丸谷のお褒めのことばが返ってくる。

「いいじゃないですか。ほぼ完成ですね」

「時速九〇キロは出ていますか？」

「九五キロは出ているでしょう。六ヵ月まえが嘘のようじゃありませんか」

ほんとにそうだ。なにしろ初日はボールがキャッチャーミットまで届かなかったのだ。

（ふつふつと）胸に熱いものがこみ上げてくる。

この特訓をはじめて以来、わたしはテレビのプロ野球中継を注意深く観るようになった。なるほど、マツザカもフジカワもクドウも、投手のひじはボールを持つ手よりも先に出ている。それもヒップの回転に引っ張られて、自然とそうなる感じだ。「このピッチャーは腕が振れていません、肩に要らぬ力が入っているんですよ、」解説者の解説の意味も理解できるようになった。要は球速を上げるために必要なのは、肩や腕に力を入れることでなく、（思い切り）力を抜き、ヒップを高速回転することなのだ。

「きょうからの目標は時速百キロです」丸谷が大声でいう。

「腕をムチのように振って。それで、あと五十球いきましょう」

テレビで勉強したとおりだな。わたしはにっこりする。

クールダウンのグラウンド二周は、いままでどおり。

そのあとに——ひと月まえからはじまったストレッチングがつづく。外野の日陰になった野芝の上で、わたしは丸谷に乗られ、押され、つぶされ、引っ張られ、折られ、ねじられ、悲鳴をあげる。

わたしは躰の硬いほうで、そのうえ、はっきりいえば老体だ。ただの「前屈」でさえ、指先が地面から一〇センチも浮くカラダだった。それがひと月経って、どうにか指を地面につけることも、坐って開脚したまま股の間に両手を付けることも、捻転し真うしろに立つ丸谷と手を合わせることもできるようになっている。ありきたりの感想だが「継続は力なり」。

「ご存知でしょうが、ゴルフに限らずスポーツでは硬いカラダは（一般的に）大きなハンデキャップになります」

野芝の上に腹ばいになったわたしの上に座り、丸谷はわたしの両腕を持って（ぐいぐい）うしろに引っ張っている。

「しかし、カラダが硬いとなぜ不利なのか、正しい説明をできる人はあまりいません」

呼吸困難で、わたしは相槌も打てない。

背骨を反らすこの運動が、子どものときからことのほか苦手だった。クラス全員の前で赤っ恥をかき、ちいさな自我に目覚めるきっかけになったのもこの後屈だ。

わたしは昭和十七年八月三十日、東京市小石川区（文京区）柳町で生まれている。太平洋戦争は激化。その年四月にB25による初の東京空襲があり、危険を避けるため母の実家の金沢へ疎開する。終戦と同時に帰京したが、家は丸焼けだった。焼け跡に建ったのは、呑んだくれでグズの大工だった父親が建てた焼けトタン張りのバラックだったが、それでも屋根の下で雨露をしのげるのはしあわせなほうだったらしい。

その貧相な家に、文京区立柳町小学校の山口すへ先生が訪れたのは、昭和二十四年の春もまだ浅い日だった。母はわたしを先生の前に起立させ「これがヨシヒコです」と紹介した。山口先生は母より少し年嵩で、体つきも顔立ちもよく似ていた。兄たち三人が、戦前の尋常小学校で山口先生のお世話になっていた。だから母とは古い顔なじみで、会話にも角張ったところがない。先生が身内のように感じられ、わたしはすぐに先生に慣れた。

この年頃は、誕生日の順番がそのまま、学力、体力の順位になってあらわれやすい。八月生まれで、呑みこみの早かったわたしは、ほどほど能力が抜きん出た。徒競走は一番。跳び箱も一番。勉強も通信簿に（五段階相対評価の）「4」がつくことはなかった。図工も、音楽も、すべてが「5」だった。この偶然——生年のアドバンテッヂ——がもたらした恵みを、とくに低・中学年のわたしは享受した。「運動も、勉強も、誰にも負けない」。真夏の太陽の下のヘチマの蔓のように（すくすく）伸びた自信だった。

ところが、五年生の秋、これが木っ端微塵に打ち砕かれる。

クラス全員が講堂に集められ、マット運動がはじまったときのことだ。マットの上で何度かでんぐり返しをしたあとで、担任の渡辺芳枝先生がいった。「きょうは、からだをうしろに反らして両手が床につくまでがんばってみましょう！」

みんな一列横隊で並び、先生の「はい！」という掛け声に合わせ、いっせいに（くにゃりと）反り返る。いわゆるブリッジである。ひとしきりキャーキャーと騒ぎがあって、女子は全員、男子もほぼ全員が後屈し、両手をマットにつけて先生の次の号令を待っていた。

できないで突っ立っているのは、わたしと、臆病でいつもみんなに馬鹿にされているマツシマと、肉屋のデブのキクチの三人だけだった。跳び箱の四段を飛べないナカジマも、徒競走はいつもビリのマリ子でさえ、カラダを弓のように曲げてマットを見つめている。

渡辺先生の視線が、わたしたちに突き刺さってくる。最後は先生が手を貸してくれてどうにか形になったけれど、たちまちマットに崩れ落ちた。わたしは「自分の持っているものをほかの子は持っていない」と信じていたが、「ほかの子にあるのに自分にはない」ものがあることをこのとき初めて知った。

翌日、ナカジマがやって来て「見て、見て、」と騒ぐ。そしていきなり手首を手前に（くいっと）折り曲げ、中指と薬指を腕に（ぴたっと）つけた。わたしは魂消た。コンニャクみたいな手だ、と思った。ナカジマはうれしそうに「できる?」「できる?」と訊く。家に帰って一人でやってみた。どんなに頑張っても、指がつくどころか、わたしの手首は前にも後ろにも直角に曲がるのが限度だった。

「負けず嫌いの私でしたが、さすがに、これぱかりはあっさりあきらめました」

ストレッチを終え、わたしは野芝の上で腕を枕に寝転がり、夏の浮き雲を見ている。となりで同じ雲を見上げながら、丸谷が語る。

「カラダの柔軟性は、筋肉のしなやかさと関節の動きやすさで決まります。とくに、関節をスムースに動かせる範囲は人によって異なりますから、これは天性のものといって差しつかえないでしょう。もちろん幼いときから鍛錬すれば関節の動く範囲は広がります。けれどサーカスで生まれた子でもないかぎり、親はそんな無理はさせないものです」

「で、カラダが硬いと、なんで不利に？」

「筋肉には〈引っ張る力〉しかないからです。それが解剖学的結論です」

「……？」

「骨と骨をつなぐ骨格筋には、縮む力はあっても伸ばす力はない、といったほうがわかりやすいでしょうか。このチカラコブを見てください」

そういって、丸谷は自分の二の腕を指で撫でた。

「こうして僕の腕が曲がるのは、この上腕二頭筋が縮んで〈引っ張る力〉がはたらくからです。反対にこうして腕を伸ばすときには、上腕二頭筋ははたらいていません。はたらいているのは三頭筋が縮まっているときに伸ばされていた（裏側の）三頭筋です。それが〈引っ張る力〉で曲がった腕を伸ばします」

「なるほど」

「人間にかぎりません。馬が走るのも、カエルが泳ぐのも、ハトが飛ぶのも、骨格筋のこの単純な〈引っ張る力〉によって可能になっています。musclとは、ラテン語で『ネズミ』という意味。ネズミの胴体が筋肉、尻尾が腱。ギリシャ人は的確な表現をすると思いませんか」

「……」

「では、ここで質問です」

丸谷には芝居っ気もあるらしい。わたしは鍛えた腹筋をつかい（むくりと）野芝の上に起き上がった。

「もし僕たちがより大きな運動をしようとしたら、たとえばもっと速いボールを投げようとしたら、どうしたらいいでしょうか？」

「ネズミを鍛える？」

「たしかに筋力を鍛えることも大切ですが、その前に骨格筋を――より長く――伸ばす必要があるのです。ボールを投げるとき、妹尾さんは腕を大きくうしろに引き、胸を張り、カラダを反らし、片脚を前に踏み出しますよね」

「なんでそうするのか？」

「……」

「答えは、骨格筋を伸ばすことによって〈引っ張る力〉がより活かせるからです。筋肉には伸びきると反射的にもどる性質があります。これをストレッチ・リフレックス、『伸張反射』と呼びますが、僕たちがボールを投げられるのは、この『伸張反射』があるからです」

「ふむ」

「伸張反射は神経反応ですから、自覚できず、とてつもなく速い。ほら、カッケの検査で膝を叩くと脚がはねあがるでしょ。あれも伸張反射のひとつです。つまりボールは『伸張反射』作用によって投げられ、その強さによって球速が決まるわけです。では、その『伸張反射』を最大に生かすには、どうすべきか？」

もったいぶって、先生はひと息入れた。

「カラダをギリギリまでひねる？」

「イエス。ありとあらゆる筋肉をひねって『いっそうの伸張状態』をつくる、が正解です」

「飛距離を伸ばすなら、テイクバックをギリギリまで大きくする？」

「いかにも」

うれしそうな先生の顔。

「いまここに、身長も体重も同じ、筋力も同じ、カラダの柔軟性だけが違う一卵性双生児がいたとしましょう。この兄弟にスポーツを競わせたら、さてどうなるか？」

「カラダの柔らかいほうの勝ち、でしょう」

「そのとおり、どんなスポーツであれ、全身の筋肉が長く伸びる弟のほうが、カラダの硬い兄よりも優れた結果を出します」

「しかも、骨格筋は鍛えて弾性を増すことができますから、筋トレで強化した『伸張反射』で、弟はさらに遠くへボールを投げ、さらに速く走り、ゴルフならさらに遠くへ飛ばすことが可能になります」

「兄には、弟ほどの成果は期待できないということで？」

「いかにも」

「しかし、私はカラダの硬い兄のほうですよ、」

「まずいじゃありませんか？」

わたしは冗談でいったのだが、丸谷は急に真顔になった。

そしてしばしわたしの目を見つめ、いきなり笑いさんざめいた。

「ッウハハハ、ッハハッハ、ッウハッハハ」

吐くのでなく、吸いながら笑う、まるで泣くような奇体な笑い。

「そうでした、ッハハッハッハ、妹尾さんは兄さんでした、ッハハッハハ……」

丸谷がなぜこれほど可笑しがるのか——

わたしにはまったく分からなかった。

カサブランカが網戸の窓枠に寝そべっている。純白の巨体が狭い枠から落ちそうでいて落ちない。ときおり伸びをするが、あやういところで（すッと）身を立て直す。猫は齢をとっても反射神経が衰えるということがないらしい。ところへ「お昼ですよ」と、とみ子が顔を出す。

「ソーメンだけれど、いつもの麺つゆでいいかしら？」

「薬味はなんだ？」

「ミョーガ。裏の庭の……。ことしはとってもデキがいいの。それとついでだけれど、お誕生日おめでとう」

「ふむ、」

すっかり忘れていた。ということは、丸谷次郎も、きょうで満六十九歳になるわけだ。

第九章　ひとりっ子

トレーニング中の丸谷次郎はよく声を出し、じつに舌が滑らかだが、トレーニングを終えると、なぜか別人のように寡黙になる。世間ばなしはもちろん、身辺についても語ることがない。子どものころの話題で水を向けても、例の調子でうなずくだけで過去をたぐって見せようとはしなかった。

そんな丸谷が、人が変わったように「僕は――」としゃべり出したのは夏の終わりだ。

彼の軽自動車が駐車した道路の割れ目に、松葉ボタンが咲いていた。その赤い一輪を発見したときのこと。そわそわとハグせんばかりに顔を近づけ、葉に触れながら、「この花には思い出があるんです、」と語りはじめた。

「小学四年生のときでした」

「朝早く、僕は、タモ網と広口の瓶を持ってゲンゴロウをとりに行きましてね……」

――麦の穂が波うつ畑を抜けると、石組みの門があり、門からつづく坂の先に空襲をまぬがれた二階建ての大きな建物があって。その広い敷地に入り込んで、子どもたちが日がな一日遊んでいた。お気に入りは四間×三間ほどの防火用水プール。ミズスマシやミズカマキリ、フナやクチボソが子どもらの遊び相手だった。管理人は顔を出さず、子どもたちをとがめたり、追い立てたりする声はどこからも聞こえてこない。

その朝も人影はなかった。

坂を登りきると、建物の前庭に、ひと群の花が咲いている。桃色、青、白、紫と色ちがいの同じ花。小人の吹くラッパのような花弁が十五、六、輪になって一つの花になり、かぼそい茎がそれを重たげに支えている。あまりにきれいで、これがやみくもに欲しくなった。家の庭に植えようと思った。根元を持って引っ張ると（ぷつ、ぷつッと）土の中から小さな音が聞こえ、猫のひげより細い半透明の白い根が三本あらわれた。

「あら、矢車草じゃないの、」と母がいった。

「どこから取ってきました？」

「ちゃんと水をやっておかなきゃいけませんよ」

注意され、ひしゃくで根元に水をかけた。

十五分ごとに見にいった。そのたびに矢車草は弱ってゆくようだった。必死でなにかに耐えている、そんな風に見えた。

つぎの朝、矢車草は地べたに横たわっていた。

母がわけを教えてくれた。

「かわいそうに。根が切れていたからね」

——その年の夏休み。

「僕は、伝通院前の氷屋でアルバイトをさせられて」

「小学四年生で、ですか？」

「ええ、母の命令で……」

真夏になると、氷屋の兄ちゃんは氷配達で忙しく、店のカキ氷やキャンデー売りの手が足りなくなる。そこへ「猫の手よりマシでしょう、勉強のためにお願いできませんか、」と母が女主人に頼みこんだ。ひとりっ子で、友だちらしい友だちもいない。それをつねづね母が気に病んでいたからだ。

ときどき見ていたから、かき氷はすぐに作れた。

まずカキ氷用のガラスの器に「水密」を入れ、注文に合わせて「イチゴ水」「メロン水」「レモン水」をくわえる。左手に器をささげ持ち、右手で取っ手を握りハンドルを廻す。

シャッ、シャッー、シャッ、と涼しい音。ガラスの器の中に（どんどん）雪が降る。よろこびが降り積もってゆくようで楽しかった。お父さんとやって来た同級の高木チカ子がテーブルから羨ましそうにこっちを見ている。ちょっと鼻が高い。チカ子の氷イチゴに、こっそりスイミツを二杯入れてやった。

氷の切り方も覚えた。製氷工場で造られる氷は三十二貫目ある。小さな跳び箱くらいのが店に届くと、お兄ちゃんがノコギリで真ん中から真二つに切り（十六貫目）、それをまた二つに切って（八貫目）、それを二つ、二つ、二つに切って、一貫目の冷蔵庫用になる。ノコギリでシャー、シャー、シャー、と三分の一ほどまで切り込み、ミネを返して切れ目に入れ、「コツン！」「パカンッ」と割る。

「ジローも、やってみるか」

こんなおもしろい仕事はなかった。その日から冷蔵室に入って、氷を買いに来るお客さんに切らしてもらった。

「あら、じょうずだこと」冷蔵庫用の氷を買いに来た母が驚いた。

「いっぱしの氷屋さんだよ。あははは、」おばさんがほめてくれる。

「ついでに、家まで運んどいで」

その氷屋の裏庭に、松葉ボタンが咲いていた。陽射しを浴びると、色とりどりのセロハンみたいな花びらがいっせいに開いて可愛らしかった。

「いくらでも持ってお行き、すぐふえるから……」

母の教えをおもい出し、根を切らぬように掘りあげて、家の庭に植えた。けれど松葉牡丹は華奢で、茎がすぐに（ポロンと）折れてしまう。その四、五センチの切れはしが可哀そうになって、線香を立てるように土に挿してやった。

十日たって、花が咲き出す。

おどろいたのは切れはしからも芽がふき出ていたこと。掘ったら、線香花火のような根が垂れ下がっている。ちょん切ったトノサマバッタの足から、また足が出てきた――そんな感じでゾクリとした。

それからは、手当たりしだいに草花を土につき挿した。

おおばこ、ハコベ、ほとけのざ、たんぽぽ、ひめじおん……。どれもダメ。チューリップは何日か保ったけれど、けっきょく萎れた。秋になり、草花が地味になるにつれて好奇心も萎えていった。

そんな或る日、母から仏壇の花を捨てるようにいわれた。

どの花もやつれきって茎にぬめりがつき、腐った匂いがする。

けれど、その中の一本だけがシャンとしていて、見ると茎から三センチくらいの白いひげ根を出していた。小菊だった。

　また好奇心に火がついて。菊という菊が挿し木できるのを知り、ハコベですら、水に挿しつづけておけば、茎の節目から絹糸のような根を伸ばすことがわかった。興味は樹木にひろがりレンギョウの小枝が根づいたときは、根から土を洗い流し、その不思議さをながめつづけた。雪ヤナギも、沈丁花も、つつじもついた。小学六年になると、花屋のゴミ箱から拾ってきた薔薇や、植物園から折り取って来た椿を根づかせ、母をびっくりさせた。

　母は――蒲柳の質だけれど――芯のつよい人だった。

　雑巾をバケツの水の中で絞り、しかも一滴の水もしたたらせない人だった。そんな母のところへ、ちょくちょく知り合いのおばさんがやって来て、長いこと話し込んでいた。

「印刷会社の社長さんで、丸谷の財産目当ての人じゃないし……」

　ねっとりした声が居間からもれてくる。

「色よい返事を待っていますからね……」

　おばさんがひとこと残して帰ったあとだった。

　ぽつんと母がいった。

「山茶花も挿し木できるの？」

「できる」

「じゃあ、水戸様（小石川後楽園）の、四阿の際にある真っ白なあれ、ひと枝、盗んできちゃおうか」

「ん」

「死んだお父さん、あの山茶花が大好きだったのよ」

「根づいたら、お庭の真ん中に植えようね」

「ん」

——中学では生物部に入った。

高校では「生物クラブ」の部室に入りびたった。切った枝からどのように新しい根が出てくるのか、顕微鏡をのぞき込んでいた。大学は理系に進学。発根の原理を細胞レベルで研究しつつ、さまざまな植物と土に触れる園芸学部を掛け持ちした。

大学三年のときに、母が死んだ。

風邪がこじれ、肺炎になった。告別式は、見上げる大きさに育った山茶花がぼたん雪のように散りこぼれる冬の日だった。

独りきりになり、大学院を卒業したあとも研究室に残った。バイオ研究が世間の話題になりはじめる頃だ。けれど同じ研究室にいた女性にふられ、シャーレやビーカー相手の日々に嫌気がさし、いつの間にか、園芸学部の広い農園をうろつくまいにちになっていた。

「執念深いんですかねえ、僕は、あははは……」

たったいま眠りから覚めたような、すがすがしい眸で丸谷は笑った。

「プールってのは……」

わたしは興奮をおさえきれずに訊いた。

「小石川の、伝通院の下にあった、防火用水じゃありませんか？」

「そうです。防火用水の際に、高さ三メートルくらいの石垣があって、そこをよじ登ると伝通院の広い墓地に出ました」

「伝通院まえの氷屋さんは、食堂もやってましたよね？」

「ええ、僕のアルバイト代はお昼と晩の定食でした、あははは」

「やっぱり」

やっと、丸谷と同じ過去を共有できた。わたしの胸は雨上がりの空のように晴ればれとしてくる。真夏になると、墓石の隙間から色あざやかな縞模様のトカゲがあらわれ、人魂みたいにからだを光らせて走りまわっていたのを思い出す。

「そういえば、きれいでしたねえ。あのトカゲは……」

丸谷の笑顔も子どもになっていた。

二度目は——木陰のベンチだった。持参したアイスコーヒーを飲みながら、わたしが我孫子市民ゴルフ大会を話題にしたときのことだ。

「僕も、その大会に参加していました」

丸谷はふわっといったが、わたしは吃驚仰天した。

第一回我孫子市民ゴルフ大会。いかめしいタイトルだが、我孫子市を地盤とする県会議員が近づく選挙の票集めに開いたイベントだ。会場は我孫子ゴルフ倶楽部。毎朝、通勤途中にコースの際を通りながら、目にするのは看板だけ、メンバー同伴以外は（一歩たりとも）コース内には足を踏み入れられない名門コースだ。大会当日は我孫子ゴルフ倶楽部が休業する月曜日だったが、平日にもかかわらず、腕に自信があるの、ないの、ともかくこのコースで一度プレーしたかった市民たちが大挙して押し寄せた。

むろん、わたしも我孫子市民の一人として（急病で）会社を欠勤した。天気は計算しつくされたごとき快晴。いつもとちがう緊張の織り込まれた新しいポロシャツとベストを着て、わたしは我孫子ゴルフ倶楽部にでかけた。

受付が終了すると、件の県会議員の挨拶がはじまる。みんな静聴している。なにしろ憧れの我孫子ゴルフ倶楽部でプレーできるようにしてくれた御仁だ。感謝しなければならない。しかし、よく見ると、大半は無言でシャドウスイングにはげんでいる。インターロッキング・グリップもいれば、オーバーラッピング・グリップもいる。

そのあと、県会議員から本日のスペシャルゲストが紹介された。誰あろう、青木功プロと師匠の林由郎プロだ。

ワアッ、と大歓声が上がる。拍手が青空に吸い込まれる。県会議員が胸を張る。ワガハイの実力を市民に思い知らせた一瞬だ。(しかし、それでも効果はじゅうぶんではなかったようだ。わたしは、彼が何という名前だったかも思い出せない)。

青木プロは挨拶をすると、「きょうは参加者が多いので、ショットガン方式でスタートする」といって、その方法を説明した。各ホールに三組ずつ十二人が散らばって、打ち上げ花火と同時にいっせいに(一組ずつ)スタートするらしい。わたしのスタートホールは十六番だった。そこからラウンドして、十五番が最終ホールになる仕掛けだ。

説明が終わると、「じゃあ、行くべ、」とふたりのプロは一番ホールに向かった。スタートまえに青木プロのエキシビションがあるのだ。参加者は、われ先に一番ホールに走る。ティインググランドは黒山の人だかり。このとき青木プロは三十三歳。プロゴルファーとして円熟期を迎え、たしか賞金王をとった年だったかと思う。

ひとしきりふたりの会話があった。林プロが「フェードボールは完成したか?」と青木プロに訊ねた。それまで青木プロの持ち球はフックボールだったが、トーナメントの急所で悪質なフックが出て自滅することがあった。おりからＵＳＰＧＡのツアーに招待され、青木プロは持ち球を危険の少ないフェードボールに変えようとしていた。これは一大決心の要ることだ、参加者はこの辺の事情によく通じていた。

「大丈夫だべ、」気取りのない我孫子弁でいって、青木プロは右手をひろげて林プロに見せる。

「ほら、練習し過ぎで、指の股がこんなに切れちまったよ」

遠目には見えなかったが、青木プロの右手の人差し指と中指の付け根はフェード打ちのために裂けてしまったらしい。

「じゃあ、その成果を見せてもらおうか、」と林プロ。

青木プロはおもむろにボールをティアップすると、軽く素振りをし、例の前かがみの個性的なアドレスに入る。そしてクラブヘッドを低く、長く――面白くもなさそうに――後方に引き、ドライバーを一閃させた。日本刀が肉を断ち切る（鈍く湿った）凄みのある音を残してボールは地を這うように飛び出す。途中からジェット機のように加速し、上昇する。そしてわずかに右に切れながら、はるか前方の、ほぼグリーン近くのフェアウエイに落ちた。

一番ホールは、ほぼまっすぐの、かすかに左ドグレッグした——だがフェアウエイが強く左に傾斜している——短めのパー4だ。

「あれ、載らねえよ?」青木プロが不満そうにいう。

「昔は軽くワンオンしたのによ」

「フェードボールじゃ、仕方あんめえ、」と林プロ。

「昔のフックで打ってみろや」

「そうか……」

と青木プロはまったく同じリズムで——またも面白くもなさそうに——新しいボールを打ち抜く。同じようにボールは低く飛び出し、同じように途中から舞い上がり、同じように右に切れて、一打目のボールのそばに落下した。

「あれ? フックしねえよ。もう一発いってみっか、」

そういって三打目を強振したが、これも同じ弾道で、ほぼ同じ場所に落ちた。大声で林プロが褒めた。

「ここまで自然に出るようになれば、フェードもほんものだっちゃ」

わたしは、完膚なきまで打ちのめされた。

短いパー4といったって、一番ホールのレギュラーティからは三三〇ヤードはあったはず。ゆるいドグレッグをショートカットしたとしても、グリーンまで三一〇ヤードはあろうか。そのグリーン手前までフェードボールでぶっ飛ばす。生まれて初めて目撃した一流プロの、一流の打球だった。群衆の歓声と溜息の中で、わたしはじっと手を見つめていた。

「覚えていますよ。僕も同じ場所にいましたから、」うなずいて丸谷がいった。

「それで、アメリカに行こう、と決心したんです。僕は思ったら止まらないタチですからね。翌日からその準備をはじめていました」

第十章　ロリ・マクマハン

ロスアンゼルスは、空はもちろん、人やビルの影まで乾ききった都会だ。その気風に合わせるように、公園や空き地に色とりどりの夾竹桃が茫洋と咲いている。

ティーチング・プロを探すのは容易ではなかった。丸谷次郎は人づてにレッスンプロに接触し、開口一番、質問を投げつけた。

「あなたは、僕をプロゴルファーにできるか？」

大きなゴルフスクールに所属するレッスンプロは、五フィート五インチの、さほど頑強でもない日本人の体軀をしげしげと見つめ、西洋人には童顔に見える丸谷の実年齢（三十三歳）を聞くと、答えより先に軽蔑の笑いをもらし、黙って出口のドアを指さした。

なかには友好的な――あるいは客がなくて干上がっている――フリーのレッスンプロもいて、「ＹＯＵがボールを打つのを見てから判断しようじゃないか、」と使い込んだスティッフの5番アイアンを持たせてくれる。さっそく殺風景なドライビングレンジに行き、丸谷の最初の一打を見る。笑みが消え、しかし、すぐさまビジネス用のつくり笑いで「可能性ありだ。明日の朝十時に〇〇〇に来たまえ。レッスンをはじめよう、」と甘い言葉を吐く。

翌日、約束の時間、丸谷はホテルのベッドに寝ていた。

結局、行きついたのは、オレンジカウンティの外れのパブリックコースで、うろうろしていた爺さんだった。

青みがかった灰色の目が陽灼けした肌と深い皺の中に頑固そうに埋もれている。そのうえ右のこめかみから頬にかけて、ナイフで削いだようなヤケドの痕が走り、あたかもトカゲが張りついているさまで、子どもでなくても後ずさりしてしまう凄みがあった。身長は丸谷よりこぶし二つほど高い。ゼイニクのない体軀に（しゃんと）伸びた背筋を見るかぎり、五十代としか思えなかった。

爺さんは丸谷の話を聞くと、ヒキダシから傷だらけのストップウオッチを取り出し、「十八番ホールの五六〇ヤードを全力で往復して来い、よーいどん！」と命令した。そして丸谷にドライバーを百回フルスイングさせ、さらにドライビングレンジで百発ほどボールを打たせると、「ところで、時間はどのくらいあるんだ？」と目をぎょろりとさせた。

丸谷は「一年でも、二年でも……」と答える。

　すると、爺さんは面白くもなさそうにいった。

「三年あれば、ジャック・ニクラスにはできないが、プロと名のつくものにならできる」

　桃栗三年、柿八年か。ものを実らせるには相応の時間と、それ以上の愛情と忍耐を必要とする。丸谷は爺さんの顔に刻まれた皺の中に農夫の誠実を見たような気がして、右手を差し出した。爺さんは、北アイルランドの出身で「おれはロリ・マクマハンだ、」と右手に恐ろしい力を入れた。


　丸谷は、コースから七キロほど離れた町に小さなアパートを借りて、レッスンを受けることにした。車なら五分とかからない距離だ。しかし初日から叩きのめされる。丸谷がプロショップの玄関に中古のフォードのバンを横づけするのを見て、爺さんが頬のトカゲを真っ赤にして怒鳴った。

「てめえ、なんでクルマなんかに乗ってくるんだ。アパートから走って来い！」

　トレーニングは、マサカリで丸太を割ることからはじまった。

　柄の長い中ぶりのマサカリだ。それで径三〇センチほどの丸太を百本、拍子木の半分ほどの細さまで割る。爺さんの指示は、「マサカリを目いっぱい振りあげ、重力をつかって振り降ろす。力を入れるのは腹の筋肉！」それだけだった。

「せ、」「せ、」「せッ」とリズミカルに五、六本割って見せ、丸谷がやるのを観察してひとりうなずくと、ブーゲンビリアの群れ咲くテラスに行ってしまう。其処で手間をかけてドリップしたコーヒーを旨そうに飲むのである。

丸太割りが終わると、爺さんは地べたに竹を一本差し、丸谷のほぼ肩の高さにボールを一つ載せ、マサカリを指さして命令した。

「それで、こいつをホームランしろ！」

野球でいえばティ・バッティングだが、ボールは打たない。爺さんがやって見せたお手本は——マサカリの柄を両手でゆるく握り、ぶらんぶらんと振り子のように振り、それを大きくしていって、トップで（ドンと）うしろ首を叩き、すばやくヒップを回転し、一気にフィニッシュまでもってゆく、というヤツ。軽く素振りしたように見えたのに、重いマサカリが（ビヒュッと）鋭い風切り音を発したので、丸谷は魂消た。

「何回、振ればいいのでしょうか？」

「ヘトヘトになるまでだ」

「……？」

「まあ、最初のひと月は一日、五百回だな」

「注意しとくが、グリップは玉子を握るようにゆるゆると」

「そうだ、セットアップからフィニッシュまでだ」

そうしてテラスにもどり、日陰でコーヒー（午後五時を過ぎるとバーボンになる）をすすりながら、世間をながめるついでにこっちを見ている。

あとは、野球のバットを使ってのドリル。

コースの練習グリーンで約二時間。バットでパッティングをする。

それで一日のドリルが終了。

西海岸のあっけらかんとした陽射しを浴び、日をおかず丸谷の肌は真っ赤に染まった。

トレーニングの合間はパブリックコースの雑用係。そうした単調な日課が三ヵ月つづくと、さすがの丸谷も心配になってくる。木陰でバーボンを舐めている爺さんのとなりに座って
（ぼそぼそと）尋ねる。頬のトカゲがこっちに飛び移って来そうで、恐ろしい。

「いつまで、マサカリとバットをつづけるんでしょうか？」

「三年間、ずっとだ」

爺さんは酔って冗談をいっている、と丸谷は思った。

だが爺さんの眼光にふらつきはない。

「もう、ギブアップか？」

「……しかし丸太がありません。明日からどうしたらいいでしょうか？」

「ウワッハッハ、きのう、セガレに頼んどいた。今夜のうちに丸太の山がそこにできているだろうさ。ウワッハッハ」

悪魔のように笑い、血を呑むように爺さんはバーボンをのどに放り込んだ。

丸谷は頬のトカゲをにらみつける。

――やってやろうじゃないか、爺さん。僕は僕を変えるためにアメリカへ来たんだからな。

翌朝、丸谷が丸太を割っているところへ大柄な男が近づいてきた。四十がらみ。金縁の眼鏡を掛け、どういうわけか、左足を引きずっている。

「きみが、日本から来たマルターニか？」

「マルタニです」

「わたしはバリー・マクマハン。ロリの息子だ。はじめまして」

なるほど上背はあるが、眼鏡の奥の青みがかった灰色の目と、少し上向きの鼻がロリ・マクマハンそっくりだ。

「きのう、ロリからおいでになることは聞いていました。特別の用事でもあったんですか、まさか丸太を運んだだけじゃありませんよね？」

「そのとおりさ。ダッツンに大量の丸太を積んで来ただけだ。ついでに面白いヤツがいるから見物してゆけ、とオヤジにすすめられてね」

「はあ、」

「どうかね、オヤジの指導法は？」

「よくわかりません」

「疑問は感じないのか？」

「どんな疑問ですか？」

「なぜボールを打たないのか？　とかさ」

「それにはワケがあるのだろうと思っています」

「なるほど、オヤジはいい生徒にめぐり合ったようだ」

「……？」

「じつをいうと、わたしもティーチング・プロでね」

バリーは金縁の眼鏡をはずし、ポケットから真新しいハンカチを出してレンズを拭いた。そばにあった丸太の山に腰かけたが、左足は伸びたままだ。

「それも、オヤジとはまったく毛色の違う科学的指導法というやつでさ。物理学、心理学、人体解剖学、神経医学、教育学など、学問を総動員して正しいスイングを指導する。オヤジは小さなボールをこっちからあっちへ運ぶだけの遊びに、何が科学だ、バカもん、と笑うがね」

「でも、あなただって、ロリの教え子だったんでしょう？」

「もちろんさ。ガキの頃からオヤジに鍛えられた。目標はプロゴルファーだった。それもトッププロだと怒鳴られながらね。十二の齢にはもうアンダーパーでまわって、金持のオジさんやおばさんたちからチョコレートをせしめていたよ。ＢＡＲＲＹというわたしの名は、もともとグッドショットという意味だしね」

「……」

「しかし、この世は実力だけで生きていけるほど甘くない。私の幸運の女神は、ここぞというときにそっぽを向く癖があってねえ。十七歳でキュースクールをトップで卒業した祝いの夜に自動車事故にあった。運転していた友人は死んだが、助手席にいたわたしは助かった。で、このありさまさ……」

バリーは曲がらない左足を手で叩き、ふん、と鼻から息を吐く。

「ロリのレッスンに問題があるのですか？」

「まったくないよ。あるとすれば、生徒が集まらず、キャッシュレジスターをチンとも鳴らさないことだろう」

「だから、あなたはロリの指導法を捨てたのですか？」

「そうじゃないさ。オヤジの古臭い教えかたに嫌気がさしたんだ」

「古くさい？」

「いや、それはおもて向きの理由でね。ほんとの理由はこの曲がらなくなった左脚にある。オヤジの指導法は、四の五のいわず『背中を見て盗め』というやつだから、まず先生がやって見せなきゃならない」

「……」

「この曲がらない軸脚では、シッダウンもできない」

「スクワット、ですか？」

「ともいうな。オヤジに教わらなかったか？」

「ええ、ひとことも」

「だろうな。それがオヤジのやりかたなんだ。マサカリをもっと早く、大きく振ろうとすれば、シッダウンなんて自然とからだが発見し身につくものだ、とオヤジは考えている」

「はあ」

「オヤジには強い信念があってね。スイングはコトバで教えられない。だから指導にコトバを用いてはならない。正しいコトバは生徒が――脳ではなく筋肉で――自分なりに見つけると。わかるかい。これは、ネアンデルタール人が息子に必殺の槍投げを仕込むのと同じ手法だ。カラダが覚えるまで、どんなに時間がかかろうと辛抱強く待つ、というやつだ」

「……」

「いっぽう、科学的指導法はコトバでなりたっている」

「しかも背景に『より速やかに』という教育効率論があって、これがレッスンをビジネスとして成り立たせているわけだ」

「しかし生徒は基本的に怠け者だからね、身につくのはスイングの実践力というより、スイングに関する一般教養に過ぎない。実践力という点では、オヤジの指導法を超える指導法はない、とわたしは考えている」

「……？」

「オヤジはコーヒーをドリップして飲むだろう？」

「ええ」

「わたしは、ネスカフェでいいじゃないか、味は変わらないぜ、とケチをつけたことがある」

「……」

「怒られたよ。そんなインスタントな根性でよく先生をやってられるな、そういって熱いのをひっかけられた」

丸谷はバリーの金縁の眼鏡の奥をのぞきこんだ。

「そんな目で見ないでくれよ」

照れくさそうに笑い、バリーはマサカリを握ってゆっくりと振りはじめた。

「わたしだって、女房、子どもを食わせていかなきゃならないんだ」

両脚は伸ばしたまま。バリーの軸は右脚一本だ。だからテイクバックはスムースだが、振り切れず、フォロースルーがいささかぎくしゃくする。

「懐かしいな。ほら、柄の真ん中へんが黒くなっているだろ。ここはわたしが小学生のときに握った場所だ。まいにち何百本も薪を割っていれば、どんな馬鹿でも腰と背と腹でマサカリを振り上げ、振り下ろすようになる。それがオヤジの狙いだ」

「強靭な腰と背筋と腹筋こそが、ゴルフスイングの要だからな。それと手首が柔軟に鍛えられる。きみも、オヤジを信頼して最後までがんばって欲しい。たぶん、きみがオヤジの最後の生徒になるかもしれないから……」

「どういう意味ですか、それは?」

「じつは、オヤジの膵臓に腫瘍が見つかってね」

「タチの良くないやつらしい。医師に訊いたら返事もせずそっぽを向いたので、オヤジはあわててわたしを呼んだんだ」

――三ヵ月後、

ロリ爺さんは、膵臓の痛みに耐えかねて市立病院に入院した。ロリは親族以外の面会を拒否したが、丸谷だけは特別だった。

「ドリルは、さぼらずにやっているだろうな、」

にらんだあとで、こっそり「バーボンを持って来い」と命令する。バッカスのウイスキーボトルに容れたそれを持ってゆくと、うれしそうに二口ほど舐め、片目をつぶって、飲み残しを枕の下に隠すのだ。

容体が悪化したのは、ひと月ほど経ってから。

ロリはベッドの下から一冊の古いノートを引っ張り出し、付けてある付箋をはがすと、丸谷に手渡した。表紙にフェルトペンで『SECOND NATURE!』と大きく書かれ、最初の見開きのページには、ブルーブラックのインキで、He who can, does. He who cannot, teaches. と書いてある。

「おれが死んだあとのトレーニングは、セガレのバリーに頼んである」

「半月に一度は、おまえをチェックしに来るようにいってある。それでよければ、このままトレーニングをつづけてくれ」

「おまえがプロになる日を楽しみにしていたが、どうやら、報せはゴルフコースを見降ろす場所で受け取ることになりそうだ」

「そのノートは、おまえにプレゼントするよ。セガレにおれの指導法を引き継いで貰いたかったが、あいつにはその気がないらしい。おまえがティーチング・プロになる日があったら、役立てて欲しい」

それから二十日を過ぎた、この地方にはめずらしいどしゃぶりの朝、ロリ爺さんは静かに息を引きとった。

第十一章　リズムとテンポとタイミング

ロリ・マクマハンのノートは、端的にいえば、ＷＨＯと、ＷＨＡＴとＷＨＥＮで構成され、ＨＯＷと、ＷＨＹはほとんどなかった。ＨＯＷはときに応じて口頭で説明し、ＷＨＹは気が向いたら答えるのがロリの流儀だった。とりわけＨＯＷは、いちように押し付けるものでなく、生徒が肉体を使って個々に見つけ出すべきものであり、それこそが目的にかなった強固な動作になる、という信念を持っていたらしい。

たとえば「薪割り」について。

ロリ爺さんの説明は「基礎体力づくり」と一行だけ。息子のバリーのように「背筋がどうの、腹筋がこうの……、」と小むずかしい解説はない。ゴルフ用の肉体を鍛えるには、これが最善、無二の方法、とロリは確信していたのだろう。

マサカリをクラブのようにスイングするのも同様だ。つづけることによって、スイング速度は早くなり、生徒なりのもっとも自然な——つまりもっとも正しい——スイングプレーンが定まってゆく。同時に体幹が鍛えられ、全身の筋力がムダなく強化され、ダムに水が貯まるように豊饒なマッスル・メモリーが（なみなみと）蓄積されてゆく。しかしロリ爺さんの説明書きには、「スイングのファンダメンタル」と一行あるだけ。

なんたる単純。

ロリのノートを読み通したとき、丸谷の頭に浮かんだのは、遠いむかし、礫川小学校一年生の折り紙の時間に高橋妙子先生がみんなにいった言葉だった。

「折り紙でいちばん大切なことは、手をきれいに洗うことですよ。どんなにじょうずに折っても手が汚れていては、きれいな折り紙になりませんね。わかったら、さあ、みんな、水道で手をきれいに洗ってきましょう」

優れたレッスンとは、四の五のいわず誰もができるようにする教えなのだ。

ロリ爺さんが死んで、バリー・マクマハンになっても、丸谷のトレーニング・プログラムは変わらなかった。だが、ロリにはなかったHOWとWHYが頻繁にテーブルに載るようになる。半月に一度のせいか、みずから範を示せず気をつかったせいか、科学的指導法のレッスンプロらしく、バリーは饒舌だった。金縁の眼鏡を掛けなおしながら、こんな質問をする。

「リズムとテンポとタイミング、この三つの違いをきみは説明できるか？」

ロリ爺さんと約半年間いっしょだったが、こんなリクツっぽい質問をされたことは一度だってない。爺さんとかわした会話の九八パーセントは世間ばなしだ。ゴルフやスイングに関する話は、二言、三言と無きに等しい。

爺さんが少年の頃、アイルランドのさびれたコースでキャディをしていたこと。たまたま客になった富豪のアメリカ人から、ゴルフ場をつくるからアメリカへ来ないか、と誘われたこと。アメリカ市民になって、呼び寄せた同郷の娘と結婚し、やがて戦場に行ったこと。右頬の火傷は戦場で弾がかすってできたと知ったのも、こうして酒を飲みながらだ。

とりわけロリ爺さんは、いい齢をして独り者でいる丸谷に関心を持っていた。「マタグラの小さなフクロに溜まったものを、おまえはどう始末しているんだ？」と真顔で心配し、日本にもアメリカにも決まった女性は不在らしいと知ると、おりに触れて遠縁の娘をテラスに誘うようになった。

娘といっても、二十八歳の既婚者で。いつも七分丈のジーンズに、真っ白なTシャツか半袖のブラウスというでたち。ブラウンの髪にブラウンの目を持ち、そばかすだらけの頬に鼻の頭が少し上を向いている――どうやら、これはマクマハンの血筋らしい――せいか、キュートで年齢よりもずっと若く見えた。両親はすでに亡く、最初の結婚に失敗し、元警官だった寝たきりの祖父と町はずれに住んでいる。仕事は売り子。丸谷が食料品を仕入れにゆくウオールマートでレジ係をしていた。

「キーラです。よろしく」

「見てのとおり、美人でもグラマーでもないが、気立てはいい女だよ」

当人を前に、ロリ爺さんは荒っぽく紹介したが、愛らしく目を剝いて爺さんをにらんだ小柄な女性が、丸谷には《カモミール》のように見えた。ヒメジオンに似た（ぱっとしない）花姿で、高速道路のアスファルトの割れ目でも、たくましく茎と葉を伸ばし、花を咲かすキク科の宿根草だ。

学名、マトリカリア・レクティータ。和名〔カミツレ〕。花がリンゴに似た香りを放つのが特長で、カマイメーロンというギリシャ名はこれに由来している。また、学名のマトリカリアは子宮を意味し、古くから婦人病に効ある薬草とされてきた。丸谷がこの花を愛する最大の理由は「コンパニオン・プランツ」であることだった。つまりカモミールはそこにいるだけで、周囲の植物を虫害や病気から守るのである。

丸谷の第一印象に狂いはなかった。

めったに声を出して笑わない。しかし人の話から目と耳をそらさず、こころ配りに油断がない。いつも口元にひらきかけの蕾のような微笑をただよわせている。スーパーマーケットのキャッシュレジスターの前にいるより、白いナース帽をかぶり、病んだ人の傍らにいるほうがずっと似合う、キーラはそんな女性だった。

そんな彼女がなぜ離婚することになったのか。丸谷は不思議でならなかったが、テラスで同席するうちに、自分がキーラに好意を持っていることを自覚するようになる。キーラといると、それだけで、死んだ母といるような落ち着いた気分に浸れるのである。

「キーラが、おまえの部屋をお掃除してやりたいとよ」

ロリ爺さんが片目をつぶってささやいたのは、出会いからひと月ほど経ったとき。めずらしく夕日のように真っ赤なワンピースを着たキーラが、裾を（ひらひら）させて立ち去ったあとだった。

「お願いしたらどうだ、」

頰のトカゲを中指で撫でながら、ロリ爺さんの視線がにじり寄る。

「アイツも寂しい女なんだ」

「……」

キーラが電気掃除機を持って丸谷のアパートを訪れたのは、ベテランズ・デーだった。

ロリ爺さんが退役軍人の一人として郡の祭事に招かれ、トレーニングが休みになった日だ。

「あら、この木はなあに？」

窓際に素焼きの鉢が三つある。それぞれに割り箸ほどの大きさの常緑樹が植えられている。

「山茶花だよ」

「サザンカ？」

「Cameria sasanqua だ。死んだ母のお気に入りでね」

「お母さんの？」

「日本の家に植わっていたのを、こっちで挿し木したんだ」

「どんな花が咲くのかしら？」

「雪みたいに白いやつさ」

「……」

「アメリカへ来るまえに家や土地を処分したのだけれど、この山茶花だけはそのままにしておけなくってさ。はるばる海を渡って来た」

「いつもお母さんといっしょ、というわけね？」

「あっは、そういうことになるかなア」

「ヤキモチ妬きしそう。お母さんに」

「……」

ベッドの中で、リンゴの匂いのする裸体を抱きながら、キーラの秘密を知ったのはその夜のことだ。皮肉にもカモミールのキーラは不妊症で、それが離婚の一因だった。

「でも、それは口実にすぎないの。ほんとうは寝たきりの祖父の介護に関わり過ぎた、わたしがいけないのよ、」

そういってキーラは別れた夫をかばった。以来ふたりは半同棲状態になり、キーラがコースに顔を出すこともなくなった。ロリ爺さんの思惑どおりにことが運んだわけだが、爺さんには新たな悩みが生まれたらしい。

「愛し合うのは結構だがね、」

なにやら日増しに小ぎれいになってゆく丸谷をからかいつつ、本気で心配した。

「お日様の色が変わるまで過ぎなさんなよ、アッハッハッハ」


「リズムとは、カラダ全体の動きの流れ」

「テンポとは、カラダの動きの速さ」

「タイミングというのは、カラダの動作の順序」

ユーカリの樹に寄りかかって、バリーは解説する。バリーの曲がらない左足には、腰掛けるよりそのほうが楽なのかもしれない。

「なるほど……」

マサカリスイングをやめて、丸谷は丸太の上に座る。

バリーが講釈をつづける。

「リズムのよい、つまり動きの流れがきれいなプロの代表はサム・スニードだ。あのスイングの美しさは、カラダ全体が調和を保ちながら、リズミカルに動いているからに他ならない。逆もまた真なりで、スイングの見栄えのいい人はリズムがいい。ただしリズムが悪くたって正しいショットをするプロはたくさんいるからな。リズムがショットを決定するとはいえない」

「現役時代のバリーはどうだったんですか？」

「きれいだと褒められたことはないな。わたしのスイングはリー・トレビノに似ていたからね」

丸谷の視線は無意識にバリーの不自由な脚に向かう。トレビノに似ていたなら、十七歳のバリー・マクマハンはフェードボール打ちだったのか。

「テンポとは、スイングのスピードで、そのひと固有のものだ。せっかちもいれば、気長もいる。どちらが良いという問題ではない。正しいスイングさえしていれば、テンポは早くても遅くてもかまわない。わたしの知るかぎり、もっともテンポの早いプロは、そう、チチ・ロドリゲスかな。わたし自身はどちらかといえば早い部類に入った」

「要するにリズムとテンポはそのひと固有のもので、正しいスイングには直接関わらないわけですね？」丸谷は簡潔に質問する。

「そのとおりだ」

「タイミングも似たようなものですか？」

「違う。タイミングは正しいスイングの根幹だ」

「タイミングとはスイング動作の順序で、その順序が正しくなければグッドショット、学問的にいえば効率を最大化したショットは望めない」

「トップから体重移動にともなって、足と膝が動き出し、さらにヒップと胴体、次に背中、肩とつながり、最後に腕と手が動く。まばたきする間にね。ハイスピードカメラで撮ったスローモーション映像を見てもわからないことだ。『タイミングが狂う』とは、この順序が狂うことで、実例とその結果が知りたければ、このコースの一番ホールのティイング・グラウンドに立ってヘボのショットを見ていればいい」

「正しいタイミングなくして正しいスイングはないからな、忘れるなよ」

夕日の中を、バリーは長い影と左足を引きずりながらプロショップへもどって行く。花壇のサルビアが炎のように燃えている。

「なんとまあ、ご大層な、」と丸谷は思った。

体重移動とともに足と膝を、さらに腰と胴体、次に背中、肩、最後に腕と手を動かす。このレッスンで身につくのは正しいタイミングでなく、「一般教養」でしかあるまい。肝心なのはスイングの原理や原則ではない。それをいかにして肉体に覚えこませ、無意識にできるようにするかだ。

アパートに帰ると、丸谷はバーボンをちびちびやりつつ、ロリ爺さんのノートをぱらぱらめくった。ノートの真ん中あたりのページに、「タイミング」と表題があり、癖のある字で（こう）書かれていた。

俚諺はいう——「練習にはげみトップで正しいポジションを取れるようになったら、あとはタイミングを正しくとるだけで完ぺきなスイングになる」
俺の見方——おっしゃるとおりだ。だが問題は「正しいタイミング」をいかにしてカラダになじませるかだ。タイミングは気質ならびに筋肉の質に関わる動作であって、これがひとすじ縄ではいかない。できるヤツはすぐにできるが、できないヤツは徹底してできない。「子どもはすぐに覚える」というのも、できない大人の僻みだ。子どもでも、できない子は（なかなか）できないものだ。できない子に共通している点は、ショット時にクラブがトップまで行かずヘッドがアウトサイドから出てくること。いっぽうトップにタメができ、インサイドから出てくる子には、破たんが少ない。「タイミング」と「正しいスイングプレーン」は表裏一体と見てよい。

俺の結論――マサカリを「水平に」ヨコ振りさせる。

ロリは、息子のバリーが見抜いたように、肉体で思考する人間だったに違いない。その結果、編み出された方法のひとつが『マサカリスイング』だ。

「人間、カラダで覚えるべきものはカラダに叩き込むしかない」というプリミティブな思想である。単純な運動を――筋肉が脳に変わるまで――単純にくりかえす。牛馬のごとく黙々とつづける。筋肉の質や骨格が異なるように、そのありようは人によって微妙に差異がある。しかし得られる成果は同じだ。百人いれば百の正しいスイングプレーン、百の――しかも強靱な――正しいタイミングが身につく。それが新しい本能になる。ロリのノートの表紙に書かれた「SECOND NATURE!」第二の本能とは、そういう意味だ。

また、ロリはコトバを信用していなかった。

愛の告白でさえ、コトバは受け手によって意味を変える。とりわけ運動においては「耳から入るコトバは、脳の気ままな解釈を経て筋肉に到達する宿命的な欠陥」を持つ。「肩を回せ」と教えられて、教師の狙いどおりに肩を回せる生徒が何人いるか。アタマでコトバを振らせるよりもカラダでマサカリを振らせたほうが早い、とロリは割り切るのだ。つまり欠点を「ああだ、こうだ」「ああしろ、こうしろ」と意識下で治すのでなく、鍛錬で「気づかぬうちに」治してしまう。これはすごい思想である。

とはいえ、ロリ自身はプリミティブな人間ではない。ものごとを考え抜き、吟味し、整理して出す答えがプリミティブである過ぎない。これは、古今東西の哲学者に酷似した思考態度ではあるまいか。「人生同様、真理なんて単純なもんだ」。そういってノートの中でロリ爺さんが笑っているようだった。

……アパートの前で車が止まった。

聞き慣れたフォードのエンジン音だ。

キーラがドアを開け、部屋に入って来る。胸に両手でウオールマートの社員割引で買った一週間ぶんの食料を抱えている。それをキッチンテーブルにどさりと置くと「今夜はスキヤキにトライするからね、」とウインクした。

第十二章　バットでパット

九月も半ばを過ぎると、朝の風はさわやかになる。わたしがママチャリに乗ってグラウンドに着くと、二匹の足の短いシェパード風が、散歩を終えて出口に向かうところだった。しかし綱を持つのは例の婦人ではない。足の長い、すらり長身の美人だ。きっと娘さんだろう。わたしはカマをかけて声をかけた。

「きょうはお母さんじゃないんですね」

「母は入院中なんです。それで、」

笑顔がじつにさわやかなお嬢さんだ。

「失礼しました。で、お母さんのご容態は？」

「ただの急性胆嚢炎なんです。手術も巧くいって来週は退院します」

娘は丁寧に頭を下げる。白い襟足がまぶしい。ひきくらべて、わが首筋の汚らしさよ。

皺だらけの檜皮同然ではないか。彼女の目に六十九歳はどう映るのか。二匹の、鼻先の茶色いほうがわたしにじゃれつこうとする。

「今日もトレーニングですか」

「まあ、そんなところです」

「母が感心していました、いつもおひとりで頑張っておられると」

「はあ!?　いつもひとり、ですか?」

「しばらくしたら母と代わります。わたしはお勤めがあるのでこの時間ですが、母は八時過ぎになると思います。母と二匹を今後ともよろしくお願いします」

「もちろんです。じゃあ、お母さんによろしく」

わたしは犬の頭をなでるように、ネットをくぐる娘さんのつややかな髪を声で撫でた。

「なにがお母さんによろしくですか、」

いつの間にか、となりに丸谷が来ていた。

「心にもないことを」

「ははは、若さってのはいいもんです。彼女の勤め先は大会社の秘書課かなんかですよ。あの礼儀正しさはね……」

「そんなことより、さあ五周です。きょうは少しペースを上げますよ」

「妹尾さんは、パッティングは上手なほうですか？」

ストレッチングを終え、水筒の水をまわし飲みしながら、丸谷が訊いた。

「ヘタです。いざとなると五〇センチのパットも外します」

「いざ、というのはどんなときです？」

「仲間とニギったときですよ。入れれば五千円の勝ちというようなパットは、まず、外していましたね。ははは」

「堅気とは思えないベットじゃありませんか」

「うふふ……」

「なぜ外すのか、考えたことはありますか？」

「そりゃ考えますよ、その日の脳細胞はそのためにしか働きませんから」

「出ましたか？　結論は」

「やっぱり性格かなあ、と」

わたしは、二十数年まえのグリーン上を思い出す。千葉にある小洒落たゴルフコースで、安宅さん、浜田くん、ＣＭ制作会社社長の神田さんとプレーしたときだ。ハーフラウンドで積みあがった賭け金が八万円。勝負は午後の十八番ホールにもつれ込んだ。

安宅さんのパットは、下り傾斜の難しい七・五メートル。わたしのパットは、のぼりストレートの七〇センチ。安宅さんが入れても、わたしが入れ返せば両チーム引き分け、という状況だった。あの長いのが入るわけがない。わたしは気楽に、目を平たくして安宅さんのパッティングを眺めていた。

ところが、その七・五メートルを安宅さんが放り込んでしまったのだ。触っただけのボールは目がついたようにエレガントな曲線を描いてカップに吸い込まれた。安宅・神田チームの喜びようはない。わたしは恐怖に襲われた。七〇センチが七メートルに見えてくる。神田社長は性格のまっすぐな好人物だが、口の悪いのが欠点だ。「妹尾さんは気が小さいから、これはぜったいはずしますよ、」と聞こえよがしにいう。わたしの心拍数はいっきに百五十を越える。チームメイトの浜田くんに目で救いを求める。浜田くんはプレッシャーを掛けまいと、「はずしたってカネで片のつく問題ですから、」と金持の息子らしく鷹揚にいう。それがかえってよくなかった。わたしの心拍数はさらに上がり、呼吸は乱れ、見事に打ち損じた。

「妹尾さんは、練習用マットをお持ちですか?」

手のひらで野芝を撫でながら、丸谷が質問する。

「長さ二メートルのが、押入れで埃をかぶっています」

「なぜ、それでまいにち練習しないんです？」

「はあ」

「パープレーはふつう何ストロークですか？」

「72です」

「そのうちショットとパットの比率は？」

「ショットが36、パットが36、と認識していますが」

「妹尾さんのショットの練習量は年間で何時間ですか？」

「週三時間として、ざっと二百四十時間でしょうか」

「パットの練習時間は？」

「ん？」

「スタートまえの練習グリーンで、チョコチョコっとやるだけでしょう。ぜんぶ合わせたって一年に三十時間あるかなきかではありませんか。ショットの八分の一以下ですよ。それでパットが下手だと決めつけてしまうのは、パターに申しわけないと思いませんか。せめてショットと同じ時間の練習をしてから自己評価すべきです」

「うむ」

「家に帰ったら、練習マットを引っ張り出して、練習をはじめてください」

「うむ」

「ただしパターは使わないこと。マツイのバットでパッティングしてください」

「バットで、ですか？」

「そうです。カップまで一・五メートルのパットを百回入れる。それが一日のノルマです」

「たった一・五メートルですか、十二、三分で片づいてしまいますね」

「まあ、一所懸命やってください」

ウッフッフッフ……と、丸谷は長ったらしい笑いをもらした。


オレンジカウンティで、丸谷次郎がトレーニング初日にロリ爺さんから手渡されたのは、マサカリと一本の古いバットだった。

「そいつは、戦前にタイ・カップが使っていたバットでね。昔は『ロリへ、』とサインも見えていたんだ。いまはご覧のとおり真っ黒になっちまったが、きょうからおまえはそのバットでパッティングを二時間、みっちり練習しな。カップまでは二メートル。ぜんぶ入るようになったら、つぎは二・五メートルだ」

午後六時から二時間、そのあと素振りがあって、終わるのは九時か。それから七キロのランニングでアパートに帰る。こりゃたいへんだ、と丸谷は思った。それにしても二メートルのパットなんて、やさし過ぎて、すぐ退屈するぞ。

「最初は、みんなカンタンだと思うさ」

丸谷の思いを嗅ぎとったように、ロリ爺さんはにんまり笑った。

「たった二メートルだからな。しかし二分もすりゃ、あわて出し、五分で血相が変わってくる。嘘じゃないぜ。おまえだってきっとそうだ。百発百中になるには半年は掛かるだろう。あッはッはッはッ」

言葉はおおげさでなかった。たった二メートルのパットが、カップを掠めるどころか、十センチもはずれてしまう。丸谷はあせった。ボールの位置、ヒッティングポイント、スタンス、ストローク、すべてを点検し、自分のしようとしていることを整理した。それでも巧くいかない。どうにでもなれ、と打ったボールがくるりと回って初めてカップインしたのは、十六球目のことだった。

百発百中は結局ならず、五ヵ月後にロリ爺さんの命令で「二・五メートル」になった。さらに六ヵ月後、これはバリー・マクマハンの指示で「三メートル」に伸びる。例によって科学的指導法の権威は練習の狙いをきちんと解説してくれる。(ロリのノートにはパッティングの項目がなかった)。

「オヤジは、集中力をつけるためにこのバット・パットを考え出した。原理的には円柱と球の衝突だから、わずかでもポイントがずれれば、方向は大きく変わる。どうしたって意識を芯の一点に集中せざるを得ないからね。それをまいにち二時間だ」

「バリーも同じ練習をやらされたんですか?」

「もちろんさ。それも四時間。ある日突然巧くなった。親父の、『おまえはパッティングにもスイングプレーンのあることを知らねえみたいだな』というひとことでね」

「……」

「そのときから、グリップを固定し、肩胛骨でパットするようになった。ボールは狙った方向に正確に出てゆく。スリーパットは年に一度か二度しかなかったね。どんなに長いパットだって二メートル以内に寄せればいいんだから。気楽なもんだ」

「ワンラウンドの平均パット数は?」

「28以上叩いた記憶はない。アプローチショットの調子のいいときは19か20だった」

「はあ」

「きみはウォルター・トラビスを知っているか?」

「知りません」

「じつはきみが親父の生徒になったとき、わたしはオヤジに猛反対したんだ。マルターニがプロになれるチャンスは千に一つもない、とね」

「はあ」

「そしたら、オヤジが怒ってねえ。その顔に嵌まっている二つの球はガラス玉か。おまえは人間をうわべでしか見ないアホウだって。それから、トラビスの話をはじめたんだ」

ウォルター・トラビスがゴルフをはじめたのは三十四歳のとき。しかも彼は五フィート六インチと小柄だった。そんな男が、四年後にアメリカのアマチュア・チャンピオンになる。ドライバーは飛ばない。だがショットの正確さは群を抜いていた。「トラビスにはボールの幅だけフェアウエイがあればいいのさ、」こんなジョークが生まれたくらいだ。

加えて、トラビスはパットの名手でもあった。一九〇〇年、一九〇一年、一九〇三年と全米アマに優勝し、一九〇四年の全英アマチュア選手権では、たまたまアメリカから応援にやって来ていた友人の（センターシャフトの）パターを使って、むつかしいパットをぽんぽん放り込んで勝利した。そのパッティングを見て、英国ゴルフ協会がその後四十年間、そのタイプのパターの使用を禁じたほどだ。

一九〇四年といえば、日本とロシア帝国が戦争した年だぜ。そんな時代に、トラビスはたった四年の練習でチャンピオンになった。もちろん当時は科学的指導法なんてものはない。ひたすらボールを打ち込んで、カラダにスイングの理屈を叩き込んだのだろう。聞くところによれば、パットの練習は日に八時間やったらしい。八時間だぜ。

「きっと三十三歳、五フィート五インチのきみに出会って、オヤジのティーチング・プロ魂に火がついたんだろう。おれがもう一人のトラビスを誕生させてやるとね。オヤジはこうもいった。マルターニは、おれが九時間練習をしろと命令したら、黙ってやるだろう、だがおれは彼にそんなムダはさせないと。それがバットを使った練習法だ」

「わたしも我が身で体験しているから反論できなかった。オヤジは、パッティングとは突きつめれば集中力だ、雑念の入り込む余地のない集中力だ、と巌のような信念を持っていた。それさえ身につけば、フォームなんかどうでもいいという、例の頑固なやりかたさ」

以後、二年間、丸谷は三メートルのバット・パットをつづけた。パターを持つ許しが出たのは、トレーニングの終了するひと月まえだった。

幅三十センチの細長い練習用マットを床に延べると、狭い書斎がさらに狭くなる。

わたしは、ボールケースから新品のタイトリストを一個取り出し、カップから一・五メートル辺りに置き、マツイのバットでセットアップに入る。バットの長さは愛用のスコッティ・キャメロンとほぼ同じだから、前傾姿勢を変える必要もない。両脚でがっちりと土台を作り、いつものようにグリップをやや弛めに握る。そしてバットのヘッドをボールに合わせると、カップに向かって軽い気持ちで（コンと）打つ。というより、バットが重いから（おのずと）ゆったりしたテイクバック、ゆったりしたストロークのヒットになる。

「うむ！」

第一打目で、丸谷の不気味な笑いの意味が理解できた。

「えらいことになった」

――翌朝
「入りましたか？　百発、」

顔を合わせるなり、丸谷はにんまりした。じつは二時間やってもノルマに到達しなかったのだ。モグモグとわたしの口から出たのは、苦々しい感想だけ。

「なかなか、難しいもンです」

うれしそうに何度もうなずき、丸谷はポケットから名刺ほどの大きさのシールを二枚、取り出した。

「これをマツイのバットに貼っておいてください」

「一枚は村上春樹から拝借した標語。一枚は僕のオリジナルです」

見ると、一枚には〈筋肉は付きにくく落ちやすい〉、もう一枚には〈筋肉はもの覚えが悪く忘れっぽい〉と書いてある。

「どっちが村上春樹ですか？」

「付きにくい、のほうです。『走ることについて考えるときに僕の考えること』という長ったらしい題名の本に出ていました」

「いずれにしても、自覚して練習にはげめ、ということですね」

「そのとおりです。ワッハッハッハッハ」

大声を上げて笑い、ひとつ伸びをすると、

「あと五ヵ月、いよいよ勝負です。では五周まいりましょうか！」

丸谷はいきおいよくフェンスに沿って走り出した。


書斎にもどって、わたしはパターマットを広げる。昨日は二時間かけて六十四球しかカップインさせることができなかった。きょうこそはと意気込むが、一打目から入らない。さすがにファールチップのようにマットの外に飛び出すことはなくなったが、それでもカップからボール二つは逸れている。ときたま、たてつづけに四球ほど入ることがある。しかし何故入るのか、理由が判らないから、またすぐに外れる。

「なに、バカなことやってんのよ？」

コーヒーを運んできたとみ子が、バットを見て呆れたようにいう。

（見りゃ、わかるだろう）文句をいいかけて、わたしは黙った。

いつもどおり、とみ子は返事も聞かずに部屋を出てゆく。コーヒーの香りにつられて練習をやめ、書棚から本を一冊取り出す。アメリカの出版物で、ゴルフに関する俚諺や格言、箴言、一家言をまとめたものだ。ぺらぺらページをめくると、パットに関する項目がじつにたくさんある。

のっけが、three foot character builder なるゴルフ用語の解説だった。

「三フィート（約一メートル）のパットを前にすると、ゴルファーはじぶん以外の何者でもなくなる、という皮肉に満ちた金言、」とある。

なんたる核心を突いたムダのない説明であるか。わたしは感服し、笑いさざめき、やがてそぞろに悲しくなる。緊張すると五〇センチですらカップをはずす我が性格、人格のもろさを思ったのである。

次いで胸を打ったのが、ヘンリー・コットンのひとこと。

「練習は没頭するか、まったくやらないか、そのどちらかがよいと思う。トーナメントの直前に思いつきをグリーンで練習するバカがいるが、これだけはやめたほうがいい。なぜなら打ちかたのバラエティは増えても、どれもミスする恐れがあるからだ」

なるほど。「付け焼刃はならぬ、」ということだ。わたしのようにコースに出るたびに新しいテクニックをぶら下げてゆくのは邪道なのだ、やっぱり。

そしてチャールズ・B・クリーブランドの友情ある説得。

「きみのゴルフ人生を、次から次へ、試すことに費やしてはならない。試すことをやめないのはきみが怠け者である証拠だ。テクニックは繰り返し練習することによって（血肉として）完成させるものである。きみのパッティングはいつも練習不足だから、いつまでたっても安定しない。そして、どこかに魔法のようなパッティング法がないかと探しつづけることになる」

激痛——

わたしは、脳天に五寸釘を打ち込まれた思いがした。

「パット」を「ショット」に置き替えてみよ。わたしのゴルフ人生そのままではないか。つぎつぎと新しい試みに挑戦し、何ひとつとして得るものがなかった。クリーブランドはそんなわたしを「怠け者」と誹るばかりか、卑しいこころ根までも見抜いている。正直に告白しよう。この四十年間、わたしは密かに疑いつづけてきた。「プロは魔法のようなスイングの極意を何処かに隠し持っているのだ」と。

ページの末尾に、ジョーク集があった。

——ペギーが、ネグリジェの胸ボタンを外しながら、トムにささやいた。

「ダーリン、あたしたちの結婚記念日、ちゃんと覚えているわよね？」

「忘れるもンか。二〇メートルのパットが入った、その翌日だ」

……本を閉じ、

……気を取り直し、

わたしはふたたびマツイのバットをぎゅッと握った。

第十三章　全米アマ

一九七九年、三十七歳になった丸谷次郎は、全米アマチュアゴルフ選手権にエントリーした。地区の予選（セクショナル・クォリファイイング）を突破し、本戦の行われるオハイオ州クリーブランドへ向かう。会場はカンタベリーゴルフクラブだ。

この年から全米アマの競技方法が変わっていた。それまでの六年間はマッチプレーのみだったが、予選（36ホールのストロークプレー）で六十四人を選抜し、その後をトーナメント方式のマッチプレーで争い、優勝者を決める形になっていた。エントリーは三、九一六名。ウォルター・トラビスの時代（一九〇〇年）は一二〇名、ボビー・ジョーンズの頃（一九二五年）でさえ一五〇名前後だから、驚くべき大会規模の拡大といえた。地区予選通過選手の中には、ジョン・クックやマーク・オ・メーラ、ボブ・クランペットらがいて、マスコミはかれらの実力と可能性を高く評価していた。丸谷は「三十七歳のルーキー」と地元の新聞に一行とりあげられただけで、成績のほうはいっこうに期待されていない。

大会には、バリーが付き添ってきた。

キーラは仕事の関係で最終日にしか来られない。「キスはおあずけ。優勝したときのためにとっておくの、」とハグしただけで、カモミールオイルの小瓶をキャディーバッグに突っ込み、丸谷をアパートから送り出した。「わたしが行くまで、それを袖口につけて頑張って」

——練習日。

「僕ひとりで大丈夫です。クラブハウスで待っていてください」

丸谷はバリーのコースへの同伴を断わった。バリーの左足が心配だったからだ。

バリーは返事のかわりに隠し持っていたアルミ製の杖をひょいと掲げ、にたりと笑った。取っ手つきのシンプルな松葉杖だ。

「心配するな。わたしは、コイツで別人になれるんだから」

たしかに、コースでのバリーはホウキに乗った魔女のようだった。丸谷にホールの攻めかたを細かくアドバイスしながら、コースの起伏をものともせずに歩きまわる。さすがにグリーンには上がらなかったが、「きみのバックを担いでやりたい、」という冗談が、冗談とは思えないほど敏捷だった。練習を同伴した赤毛の大学ゴルフ部員がリーの杖を見て気を遣ったのも、最初の一ホールだけだ。

「なぜ、ふだんから杖を使わないのですか？」

ホールを移動しながら、丸谷はたずねる。

「杖に甘えて、カラダがなまるからさ」

やはり、バリーはロリ爺さんの息子だ。

丸谷の調子は良かった。ティショットはいつもどおりフェアウエイをはずすことはない。同伴した赤毛は飛ばすわりに方向が安定せず、右に、左に、大きく曲げる。バリーが杖の先で方向を指し示す。

「ここは右サイドからグリーンを攻めるホールだ。万一ということがある。こんどは右のラフに打っておこう。ラフの状態を確認しておきたい」

丸谷は指示どおり、正確に狙ったラフに打ち込んだ。飛距離は二六〇ヤード。赤毛の若者は予期せずプッシュアウトして同じ方向へ。だがボールは丸谷の場所より二〇ヤード先のラフまで飛んでいる。

ボールの落下点に着いて、丸谷は「おや？」と思った。

日本で見たことのない、キンポウゲ（ウマノアシガタ）に似た黄色い可憐な花が一輪、咲いている。だが葉が互生で、あきらかにキンポウゲとは種を異にする。ラフのところどころに、その先の林にも、かたまって木漏れ日を受けている。バリーに花の名前をたずねたが、「雑草だろうさ、」とそっけない返事。かれの関心事は、残り一九〇ヤードを何番アイアンでヒットするかにしかなかった。

「フェアウエイに戻すしかなさそうだな」

「念のためにロングアイアンで打ってみましょうか、せっかくの練習ですから」

うなずくと、バリーは丸谷に4番アイアンを手渡した。しかしボールはふたたびラフに摑まる。丸谷は薪割りで鍛えた背筋に自信があったが、それでもその深いラフをロングアイアンで脱出することは困難だった。赤毛の若者も右往左往している。明日は選手全員がこの深いラフに泣かされることになるはず。

「ティショットをラフに入れないこと」

無理せず、ふだんどおりにやろう、と丸谷はこころに決めた。

ファースト・ラウンドを丸谷はパープレーで終える。目論見どおりティショットは一度もフェアウエイを外すことなく手堅くまとめ、初日の順位は十五位だった。「明日もこの調子でがんばれ。そうすれば六十四人の中に残る、」バリーが笑みを見せずにいった。

翌日も快晴。ほぼ無風状態。選手たちに気合いが入ったのだろう。全体のスコアが大きく動いた。丸谷はすべてのホールをパーで上がったが、順位を落として二十八位。しかしめでたく予選を通過した。メダリストはボブ・クランペット。36ホールを134という驚くべきスコアでまわっていた。

「ロリに乾杯！」

モーテルにもどって、丸谷とバリーはビールでささやかな祝杯を挙げる。ロリ爺さんの日灼けして皺だらけの笑顔が目に浮かぶ。三年でプロになる夢は叶わなかったが、いまの丸谷は全米アマチュア・チャンピオンという、新しいウォルター・トラビスになるチャンスを手にしている。

「でも、ロリがよくこんなことをいっていましたよ、」

二本目のビールの栓を抜きながら、丸谷はいった。

「トラビスは、あのカラダでよく全米アマを三勝もしたもんだと。身長は五フィート六インチ、体重はたったの一三〇ポンドの小兵だ。武器は正確なショットとパットだけ。それでパーを拾いまくるというやつだ。飛ばしてバーディをもぎ取るゴルファーじゃない。つまり、トラビスはホールの勝ち負けを競うマッチプレー向きのゴルファーじゃなかった、ということよ。あきらかにストロークプレー向き。その証拠に、トラビスは全米アマに優勝した年（一九〇〇年、一九〇一年）も、優勝を逸した一九〇二年と一九〇六年からの三年間も堂々とメダリスト（最少ストローク・プレイヤー）になっている。おまえもきっとそういうタイプのゴルファーになるんだろうなって……」

「なんだ。負けたときのためのいいわけか？」

笑いながら、六フィート三インチのバリーは五本目のビールの栓を抜いている。

「そんなつもりはありません。ただ、願わくは低気圧がやって来て、明日のコースを大荒れにして欲しい……」

「わっはっはっは。闘うまえからそんな弱気になりなさんな」

丸谷の期待もむなしく、翌日は雲ひとつなく晴れ渡った。ときどき咳き込むように強い風が吹くが、全体のプレーに影響するほどではない。

マッチプレーの一回戦は早朝からスタートする。一回戦に勝てば、きょうのうちに二回戦に進む。丸谷は第二十六組。対戦相手は、予選三十五位の、ポパイの敵役ブルートが髭をさっぱりと剃ってきたような巨漢だった。前夜、このブルートのホール・バイ・ホールを、バリーがしっかり調べてきた。バーディもあるが、同数のボギーも打っている。出入りのはげしいゴルフをする男だ。

「ともかく焦らず、マイペースでゆけ」

「僕は僕のゴルフしかできませんから」

「それでいい。相手はかならず自滅する」

一番ホール（パー4）――

オナーは丸谷だ。丸谷のプレーはとびきり早い。セットアップしたと思うや、もう打っている。ボールはパーシモンの乾いた音を残し、量られたようにフェアウエイセンターに落ちる。飛距離は弱い追い風に乗って約二七〇ヤード。

ブルートの表情が硬くなる。ティアップしてからも神経質に素振りを繰りかえす。緊張している証拠だ。しかし意を決し、面積にしたら丸谷の倍はありそうなスイングプレーンでテイクバックすると、すさまじい速さでクラブを振り下ろした。次の瞬間、ボールは地を這うように飛び出し、舞い上がり、フェアウエイの左端三〇〇ヤード近辺に落下する。

第二打。

丸谷は一八五ヤードを5番アイアンで。「ともかく先にグリーンに載せておけ、」というバリーの言葉にしたがって、慎重にグリーンセンターを狙う。

ブルートは残り一四〇ヤード。どうやら9番アイアンか、ピッチングウエッジを抜いたようす。丸谷は「まいったな、」と思う。これでは勝負にならない。ロリ爺さんのいったとおりだ。僕はマッチプレー向きではないのかもしれない。

だがブルートの打ったボールは、やや引っ掛かり気味に出て、グリーン左の浅いラフ。それを「らしからぬ小ワザ」で寄せてなんとかパー。結局、一番ホールは両者ともに4、穏やかにスタートした。

その後は一進一退。丸谷はひたすらパーでまとめ、ブルートのボギー、バーディでアップになり、スクエアになり、ダウンになり、ふたたびスクエアになるという展開。そして、事件は大詰めの十七番ホールで起こった。

そこまで両者オールスクエア。迎えたここは一九五ヤード、池越えのパー3。ピンはグリーン奥の右端に切ってあり、フックボールを打つブルートには神経を使うホールだ。

「このホールが勝負だ、」と丸谷は考える。

つぎの十八番ホールはパー5で、ブルートに有利になる。少なくともここで一アップしておきたい。しかも先に打ったブルートのボールは、曲がりきらずに右の深いバンカーの淵に掴まっている。丸谷はポロの左袖に鼻を寄せると、深く息を吸い込んだ。カモミールの香りがこころを落ち着かせる。「グリーンセンターから軽いフェードボール」――エイムすると、丸谷は間髪いれず4番アイアンを振りぬいた。

いい感触だった。

そのとき、左ななめ後方から突風が吹いた。丸谷の打ったボールはゆるやかに右に流され、ピンの三ヤード先に落ちると、ツーバウンドしてグリーン後方の斜面を（ころころと）転がり落ちた。

「まずい、」

グリーンサイドで観戦していたバリーがあわてる。走るように移動して、ボールの止まったラフを確かめる。幸運にもボールはわずかに浮いている。これならピンの一・五メートル以内に寄せられるだろう。パーで上がるチャンスはある。相手のボールは半分ほど砂に埋まり、容易にパーチャンスに寄せられる状況ではない。悪くても両者ボギーで引き分けだ。バリーはティイング・グランドに向かって杖を上げて見せ、安堵の胸を撫でおろす。

だが、丸谷はそうではなかった。

慄然とした。

確かにボールは浮いている。しかしそれを踏ん張り支えているのは、あのキンポウゲに似た黄色い花だった。その一輪が茎をしならせ、必死にボールを押しもどそうとしている。丸谷はしゃがみこんで花を見つづけた。

バリーは丸谷がボールのライを点検している、とばかり思っていた。だから丸谷が審判員を呼び、アンプレアブルを宣言したときは、何が起こったのか理解できなかった。審判員は丸谷の説明を聞きながら、ため息をついている。どうやら審判員は「そのまま打ってもルール上なんの問題ないが……」と、何度も大声で独りごちたらしい。

丸谷は頰に微妙な笑みを浮かべ、だが凜としたまなざしでうなずき、花のうしろ二メートルほどの場所にティーを刺すと、ボールをピックアップしドロップした。たちまちボールは深いラフに埋まり、見えなくなった。

第三打。

丸谷の深いラフからのショットは絶妙だった。ボールは（ふわっと）計算どおりにピン四ヤード手前に落ちた。だが、グリーンの傾斜を滑ってボールは止まらない。バリーは目をおおった。ピンから一〇メートルほどのところにブルートのボールがある。丸谷のボールが静止したのは、その三メートルほど先だった。

残されたチャンスは、この長いボギーパットを放り込むしかない。だが丸谷の打ったボールはカップ直前で右に切れる。ブルートは時間をかけてラインを読み、一〇メートルのパーパットを手堅く二〇センチに寄せ、コンシードされて、このホール、丸谷の負け。

最終十八番ホールはスクエア・ドーミー。

予想どおりブルートはパー5のホールを2オン。その長いファースト・パットはカップに引き寄せられるように三五センチに付き、第三打でグリーンに載せた丸谷のショートパットを待つまでもなく、勝負は決着した。

「センチメンタリズムか、武士道か——」十七番ホールの丸谷の事件は、審判員を通じてひとりの記者に報告され、翌日の地元紙のコラムに載った。記者は対戦相手の巨漢（ブルート）に取材し——なぜなら丸谷とバリーはすでにクリーブランドを離れていたから——日本人ゴルファーの奇怪なる行動を興味深い一文にまとめていた。記者は日本文化や美意識にからめ、ひとつの精神論として語っていたが、ブルートは「もちろん、おれだったらそのまま打つさ」「いちいち草木に遠慮していたらゴルフはできないぜ」「だってコース一面、芝だらけじゃないか」「彼女の両脚の間に生えた草叢なら別だけどな、うははは……」と、スコットランドの、ヒースの丘の羊飼いそのままにコメントしていた。

バリーの考えもブルートと同じだった。愚にもつかぬ感傷におぼれて、丸谷は自らのチャンスのみならず、ロリの夢をもはかなくしてしまった。「きみは底抜けの馬鹿だ、」と丸谷を正面からなじった。

丸谷は、ジェットの小判型の窓から沈む夕日を見つめるだけだった。ロリもキーラも同じように僕を批難するのだろうか、と考えつつ。

翌一九八〇年の全米アマは、パインハーストのカントリークラブ・ノースカロライナで行われた。エントリーは四、〇〇八名。しかし丸谷は地区予選で敗退し、本戦への出場権を獲得できなかった。不調だったわけではない。コースとそのセッティングのせいで、この年は好スコアが続出し、正確なショットでパーにまとめる丸谷に不利な展開になったのである。というのはいいわけで、細かに見れば、ゴルフは「より遠くへ」飛ばす時代に（はっきりと）向かいつつあったのだ。

とくに大学ゴルフ部に所属する若い選手たちのドライバーショットは、ハンパでなかった。誰もが軽々と丸谷の五〇ヤード先まで飛ばした。曲がってボールがラフに埋まろうと、かれらの第二打はサンドウエッジか、ピッチングウエッジだから、なんなくグリーンにオンしてくる。大学の練習もこの手のトラブルショットにみっちりと時間を割いているのだろう。二十歳のアマチュアとは思えない老獪なワザを発揮する。

プロの世界ではこの傾向がさらに顕著で、ツアー競技の非常識なアンダーパーの続出に、USPGAはコースをより長く設定するようになっていた。四六〇ヤードを越えるパー4はざらになり、そうなると攻略は三〇〇ヤードのドライバーショットを前提とし、もはや丸谷のように飛ばないゴルファーは、いかなる正確さをもってしても太刀打ちできなくなっていた。かつてウォルター・トラビスは、「ドライバーは飛ばないが、幅一〇ヤードの難コースで、秒速一五メートルの風が吹き、うねりまくるグリーンだったら、かれの右に出るゴルファーはいない」と称えられた。だが、その神がかった正確なショットメーカーであっても、今日の二四〇ヤード・パー3を前にしては、途方に暮れざるを得ないのだ。

「爺さん、どうやら時代が変わったみたいです」

地区予選終了の夜。アパートのベッドに横になり、丸谷はロリのノートに語りかけた。

「僕やウォルター・トラビスの体力では、もうプロで通用しないようです」

そしてノートの見開きページに書かれた一行を反芻する。

He who can, does. He who cannot, teaches.

ロリ・マクマハンの指導法の伝道師になろう。丸谷が翻意し、日本に帰ろうと決めたのはそのときだった。

第十四章　カルテ

ロリのレッスンが目指すものは、生徒をスイングマシーンにすることだ──丸谷はそう結論づけていた。

この思想はロリ・マクマハン独自のものではない。世間のティーチング・プロも同様のことを口にする。「目標はスイングマシーンだ、」と。しかしそれは「スイングマシーン並みにショットの再現性を身につけよ」という比喩に過ぎない。彼らは──とりわけ科学的指導法の一派は──百回打てば百回とも寸分違わぬスイングをすることなど、機械にできても人間にできるものではない、と信じきっていた。ミスショットでもミスに見せない打ちかたを指導するのがその証拠だ。

ロリ・マクマハンはそうでなかった。ロリの目指すところは、文字どおり人間をスイングマシーン化することだった。いつだったか、ロリがこんな質問をしたことがある。近在の大学のゴルフ部員たちがレーキでバンカーをきれいに均し終え、そろってパブリックコースを引きあげたあとだ。

「おまえは、ゴルフはスポーツだと思うか？」

「そうではないんですか？」

「じゃ、ゴルフのどこがスポーツなのか、教えてくれ」

「……？、」

「ゴルフの運動らしい運動といえば、スイングとパッティングの二つだけだろ。それも動かないボールを相手に立ったままでやる。走りもしなけりゃ、跳びもしない。相手とぶつかったり、取っ組み合ったりすることもない。七キロばかり歩くが、三時間かけて園遊会のようにのんびりとだ。ショットに要する時間は合計したって一〇分もないぜ」

「これがスポーツといえるかい？」

「いっちゃあなんだが、バスケットボールをフリースローだけで戦っているようなもんだ。ホールとリング、どっちも穴にボールを放り込むだけだ」

「じゃあ、訊きますが、」

丸谷は少しムキになった。

「あなたはゴルフをなんだと考えているんですか？」

「ゴルフは、テメエの精神力をさらけ出す遊びだ」

「アソビ？」

「遊びがいい過ぎならゲームだな。同伴競技者にショットの邪魔をされるわけでも、パットのラインを曲げられるわけでもない。敵は自然だけだ。突風の吹く最終ホールで、二五〇ヤード先のフェアウエイにボールをきちんと飛ばせるか。五〇ヤードをピンに付けられるか。下りの三メートルのパットをなんなくホールに沈められるか。これはテメエの肝っ玉次第だ。おまえみたいなヘボだって、そんなことは経験済みだろうが……」

ロリはバーボン灼けした前歯を見せて（にッと）笑い、頬のトカゲといっしょになって丸谷の目をのぞきこんだ。

「スイングマシーンに、心はあるか？」

「は？」

「スイングマシーンに恐怖心はあるか、って訊いているんだ」

「ありません」

「わけをいえ」

「機械だから、です」

「おまえも想像力の貧しい男だなあ」

鼻でひとつ笑うと、ロリはグラスについた水滴を指さきで（きれいに）ぬぐった。

「スイングマシーンが恐怖を感じないのは、かれが一つのスイングしかできないからだ。おまえみたいにショットのたんびに、ああ打つ、こう打つ、あれかこれかとつまらん詮索をしないからだ」

いつになくロリの目が険しい。それにしても、マシーンを「かれ」と呼ぶロリ爺さんに丸谷はおどろいた。

「要するに、かれには躊躇する心がない。こんな単純にして不動の精神がほかにあるか？ゲームの相手としてこれほど恐ろしい敵はない」

そういって、ロリ爺さんは日灼けした左腕を右手で揉んだ。戦場の弾の破片を抜き取った痕が三つ並んでいる。痺れがあった当時の揉む癖が抜けないのだ。

「おれが目指しているのは、その不動の精神力だ」

「どんな状況でも、躊躇せずクラブを振りぬくプロだ。逆もまた真なりで、不動のスイングを身につければ、不動の精神力が形づくられる。おれがおまえに叩き込もうとしているのはそのスイングだ。わかったか！」

ロリ爺さんが市立病院に入院して、まもなくのこと。丸谷はバーボンをポケットに見舞いに行った。

ロリ爺さんは半身を起こし、「昨日、キーラが来てくれたぜ、」と笑う。頬のトカゲが痩せ細り、うなだれている。このままでなかった点滴が爺さんをベッドにしばりつけている。病の進行していることが腕につながったチューブで知れた。

「仲良くやっているらしいな」

「はあ」

「で、この先どうする？」

「は？」

「キーラにずっと寄り添ってやる気はないのかい？」

丸谷はうろたえ、あたふたと答えを手探りした。キーラに好意は抱いているが、将来の生活にまで踏み込んで考えたことは一度もない。はからずも自分の狡さに気づかされ、（わさわさと）胸が騒いだ。だがロリ爺さんは、丸谷の答えを待たず、クリネックスを一枚引き抜くと、グホンと痰を切った。

「年寄りが出過ぎたことをいった。病人のたわごとだ。勘弁してくれ」

窓際に、黄色いバラが活けられている。フロリバンダ系の香り高いアメリカン・ローズ。キーラが見舞いに持ってきたにちがいない。そのバラを眺めながら、丸谷は（まだ）さっきの答えを出せずにいた。

「ところで、」とロリ爺さんが身を乗り出す。

「このまえ、おれはスイングマシーンの話をしたな」

「はい、かれのスイングは一つしかないと、」

ロリがそう呼んでいたように、丸谷もスイングマシーンを「かれ」と呼んだ。

「きょうはメカニズムの話しをしよう」

妙な風向きになった。丸谷はベッドの端に手をかけて背筋を伸ばす。

「おまえは、かれのスイングを見たことがあるか?」

「テレビで何度か」

「かれは何をしていた?」

「軸を中心に、腕に相当する関節を持った鉄のアームを動力で回転させ、その先端に装着したクラブを振っていました。回転範囲、およそ五四〇度です」

「ワッハッハッハ、おまえはマサチューセッツ(工科大学)の出身か?」

きょうは体調が好いにちがいない。ロリ爺さんは病人らしからぬ大声で笑った。

「で。その鉄のアーム(腕)とやらは、何をしていた?」

「は?」

「わからんか？」

「軸の回転エネルギーをクラブヘッドに伝達するとか……」

「そうだ。アームのはたらきはそれだけだ。それ以外に何もしていない」

「人間のスイングも同じだ」

「腕は躰の回転から生まれるパワーをヘッドに伝えるだけ。つまりスイングに腕力は必要ないということだ。むしろ腕に力を加えるほどヘッドスピードは落ちる。だのに、たいていのゴルファーは『飛距離は腕力』と勘違いしている」

「……」

「後学のために、こいつも話しておこう」

「かれは体重移動しているか？」

「いえ……」

「だが人間はそうではないな。人間のスイングにはかならず体重移動がともなう。つまりヨコの移動が加わる。問題はそこだ」

「人間、ヨコの動きは感じ取りやすいから、気持ちはどうしてもそっちを向いちまう」

「困ったことに、ヨコ移動は重心を上にもち上げる欠点がある。それが『爪先立ち』の原因になる。とくにボールを打ちにいくおまえみたいなゴルファーにはナ……」

「ヨコ移動もエネルギーの一つに違いないが、その大きさは『回転』で生じるエネルギーに較べれば、屁みたいなもんだ」

——と、ロリ爺さんの頰のトカゲが、怯えたようにピクピクッとふるえた。臑臓に痛みが走ったらしい。それでも爺さんは話しつづける。

「それと、こいつが重要なポイントだが、」

「かれは、クラブを回転軸と直角に振っている」

「ドライバーも、ショートアイアンも、だ」

「なぜだか、わかるか？」

「回転エネルギーを最大限に伝えるため、でしょうか……？」

「イエスだ、」

「しかも、これが身につけば、正しいタイミングもおのずと身につく」

「……」

「おまえにマサカリを水平に振らせるのもそのためだ。愚にもつかないドリルに見えるが、バカになって三年つづけろ」

「この黄色い薔薇ほどじゃないが、三年後にはおまえのゴルフにも花が咲く」

「……」

「屁リクツはこねたくなかったんだが。この先、長くつき合えそうもないんでな」

そういって、ロリ爺さんは丸谷にバッカスのボトルのキャップを開けさせると、うまそうにバーボンをひとくち嘗めた。


インパクトで伸びあがり、爪先立ち、美しいフィニッシュがとれない——妹尾由比古の欠点は、かつての丸谷次郎の欠点でもあった。

この治療法は、カルテに記せば一行で片づく。ロリ爺さんのいった「回転と水平スイングを身につけさせる」これだけである。だが悪質な「手打ち患者」にとって、これがいかに困難なものか、丸谷自身、身をもって体験している。

「コツ」という言葉がある。語源は「骨」だ。つまり身体の中心にあるもの。それが、もののごとの芯、あるいは核を意味する急所、勘どころ、英語ならキーポイントとなった。いうまでもなく、運動の「コツ」は、アタマで解かっただけでは一文の値打ちもない。「肉」と「腱」と「皮膚」が正しくはたらいて、初めて価値あるものになる。つまり「コツを呑み込む」とは筋肉が「骨を呑み込む」ことにほかならない。そのために丸谷はマサカリの水平スイングを三年間つづけた。

高校時代、丸谷には、どうしてもできない運動が一つあった。バスケットボールのランニングシュートだ。ステップしながらボールを受け、ツーステップでジャンプと同時にゴール板にレイアップする。たったそれだけの運動ができず、かならずバイオレーション（反則）をとられた。あまりのひどさにクラスメイトが同情し、並んでやってみせてくれるが、それでもできない。タン、タ・タン、と視覚的な把握はできても、カラダがイメージどおり動かない。ついには「自分の運動神経には欠陥がある」と絶望するくらいのものだった。それが、或る日（ひょいと）できてしまった。まったく無意識に。「なんだ、こんなことか、」と拍子抜けするほど簡単な動きだった。そしてひとたびそのタイミングが身につくや、こんどは「以前のやりかた」ができなくなった。

同じようなことは夢の中でもときどき起こる。どうしても出来なかったことがある夜、夢の中で簡単に成功してしまう。すると目覚めた日、現実でもうまく行ってしまう。夢の中での体験は現実そのものだ、と確信したことが何度もあるのだ。

悪質なマッスル・メモリーを消去するとは、そういうことだ。《こんにゃくスイング》は、ロリ爺さんのマサカリを野球のバットに変えたものに過ぎない。妹尾由比古の体内から、気づかぬうちに「手打ち」というチップを抜き取り、「全身で振り切る」チップを埋め込むための基本ドリルに他ならない。

①全身をグニャグニャの《こんにゃく》にする。
②バットを（小鳥を摑むくらいのやわらかさで）握る。このゆるいグリップはフィニッシュまで絶対に変えない。
③バットのヘッドを肩の高さで（ぶらんぶらん）と振る。徐々に大きく。
④ヒップの捻りでテイクバック、バットヘッドでうしろ首をドン！
⑤それをきっかけにヒップターン。
⑥バットヘッドがドン！とうしろ首を叩いて、それがフィニッシュ。
これを四の五のいわずにやってみよう。

不思議なことに、自然と両足が地べたをつかみ、ゆるやかな体重移動が生まれ、なめらかなヒップの回転がはじまり、両脇が締まってくる。しかも、じつにきれいにリストターンする。これまで意識してやっていたことが、（嘘のように）無意識のうちにできてしまう。

振り幅を大きくするほど、この感覚は深まり、トップで軽くヒップターンすれば、バットヘッドは「遠心力」を増しつつ、フィニッシュまで回転し、うしろ首をドン！と叩く。

同時に、このドリルで、ひとは恐るべき事実を発見するにちがいない。「トップから、体重移動にともなって、足と膝が動き出し、さらにヒップと胴体、次に背中、肩とつながり、最後に腕と手が動く」バリー・マクマハンのいう「スイングの正しいタイミング」が完璧になされていることを。

正しいもの（ファンダメンタル）は、こうした「合理性」も内在しているのである。

パソコンに、安宅さんからメールが届いた。

恋之坂の報告だ。81というベストスコアで、またもや吉良が優勝していた。

この大会は、出場者の参加費千円がすべて優勝者に贈呈される。その大金ばかりか、今月は三つのニアピン賞、オネスト賞も吉良がさらっていた。もう一つの難しいパー3は誰も載らず該当者がなかったから、賞金は吉良の総取りである。計四万円を越えたらしい。

しかも、黙ってありがたくいただいておけばいいものを、吉良は「次回から手を抜かないといけませんね、うははは……」と減らず口を叩いたらしい。言葉もなく見つめあうその他大勢。ふてくされた座が目に見えるようだ。

こうなると、さすがにハンデキャップの改訂動議が出る。吉良はにやけたキツネ顔で成りゆきを見守っていたことだろう。

「いまさらその必要はない」反対論がテーブルのあちこちから噴出する。

「吉良くんをプラスハンデにすればよいだけだ」

「会の伝統と名誉を重んじよ」

「しかし、順位表をまとめてくれるマスター室にみっともなくないか？」

「それはないとはいえないなア……」弱気な意見もほぼ同数だ。

安宅さんの指示で、挙手で「決」を取ることになった。

ぐずったわりに、ほぼ全員が改訂賛成に手を上げた。

その結果、わたしのハンデキャップは10から24に変更された。「まさか？」と、パソコンの数字を見直した。ハンデ24とは、96ストロークでパープレーということである。全ホールをボギーでまわっても六つのお釣りがくる計算だ。バカにするにもほどがある。だがメールに添付された過去三年の成績を仔細にながめて愕然とする。わたしが96を切ったのはわずかに二回。それ以外は、たえず100の少し上をウロチョロしているのだ。

ハンデ頭は吉良の10だった。その差14ストローク。ニギりなら「ショートホール抜きのエブリ・ワン」というやつである。そのむかし、ゴルフをはじめたばかりの後輩にわたしが遣わしたハンデである。あのときの、わたしの奢ったまなざしを思い出す。以後、わたしは吉良にあの目で見られつづけるのだ。胸を熱風が吹き抜ける。


十月に入った。

月曜日は、朝から雨だった。さわさわと季節の変わり目に降る長雨で、火曜日もトレーニングは流れた。しかし、わたしの日課は変わりなくつづけられる。

　書斎は雨天練習場に変貌し、うっかりすると漆喰の壁をぶち抜く恐れがあるが、足場を定めさえすれば《こんにゃくスイング》できるのだ。とみ子が（いきなり）入って来ないように、ドアノブには、昔、パリのホテルからくすねてきた『PRIERE DE NE PAS DERANGER』（プリーズ・ドント・ディスターブ）の札を掛けてある。

　それにしても、とわたしは考える。三十五年以上まえになろうか。ロケでパリに行くたびに決意することが一つあった。フランス語を——せめて日常会話くらいは——話せるようにしよう。何度もフランスに来ていながら、ボンジュールやメルシーやコンビアンしかしゃべれないのでは、もったいないではないか。だいいち同僚たちは「あれだけ頻繁にフランス・ロケに行っていれば日常会話くらいできて当然だろう、」という目つきで見る。だから帰路のジャンボジェットの中では、決まって「明日からアテネフランセに通おう、」と自分をムチ打っていた。だが、なぜか成田に着陸したとたん、決意は座席に置き忘れられ、そのままフランスへUターンしてしまうのである。あのとき、いまのゴルフに対する根気と執念ありせば、人生の黄昏をセーヌ河畔でロマンチックに過ごしていたのではあるまいか、と。

　水曜日になって、やっと雲が切れた。

同時に、秋らしい涼しさになった。白い陽射しがグラウンドの濡れた野芝にそそがれる。四日間休んだが、トレーニングは順調だ。例によって《イヤイヤ体操スーパー》からはじまる。きょうの丸谷は、グリーンと紫色のベストを着ている。ウインブルドン・テニスのあれだが、妙に気合いが入っている。

「家にバーベルはありますか?」

《イヤイヤ体操スーパー》をするわたしを眺めながら、丸谷が訊いた。

「四キロのヤツがふたつ」

「では、きょうから、両手にそれを持って百回やりましょう。いままでどおり両脇をしっかり締めて。ヒップと肩胛骨を滑らせます。トップの位置で上半身をもうひとひねり。そこからヒップを(最高速度で)左へターンさせてください」

第十五章　飛距離はヘソで

ママチャリに乗って、わたしは野球場へ向かう。陽射しはあるが、十一月の朝の風には温もりが感じられない。スピードを上げると、むき出しの襟元がひどく冷える。マフラーをしてくればよかった。しかし心は弾んでいる。理由は小脇に抱えたドライバーだ。きょう、ついにクラブを握ることを許されたのだ。

丸谷の軽自動車は到着していた。

「おはようございます」

わたしの姿を見つけると、丸谷はキャッチャーミットを持つ手を上げた。ピッチング練習はまだつづくらしい。

「やけに、そわそわしているじゃありませんか？」

「きょうはコレですからね。うふふ」

わたしは、ドライバーを目の前に立てる。そして神前に供え物でもするように四二〇cc の大型ヘッドのそれを（うやうやしく）ベンチに寝かす。

まず五周のランニング。野芝は青いが夜寒に耐えている。十日もすれば、吐く息も白く見えるに違いない。しかしランニングには快適な季節だ。つづく五十球のアンダースロー・ピッチングを終え、「ベンチからドライバーを持ってきてください、」と丸谷にいわれたときのうれしさはちょっと言葉にできない。

なにしろこのドライバーは封印され、八ヵ月の間、書斎のキャディバッグの中で眠っていたのだ。丸谷は「振るな」とはいったが「触るな」と命じなかった。抜き出し、グリップを（ぎゅっと）握るだけならいいだろうと、何度誘惑にかられたことか。でも握れば振らずにいられない。一度でも素振りしたら、風切り音とともにいままでの努力が無になってしまいそうで、わたしは我慢しつづけたのだ。

「ちょっと細工をします」

そういって、丸谷はヘッドカバーの中にゴルフボールを一個入れ、あらためてクラブヘッドにかぶせると、紐でネックの部分をきつく縛った。

「持ってください」

グリップを突き出され、わたしは左手一本で受け取る。ヘッドが落下し、地面を叩く。

ゴルフボール一個なのにハンパな重さでない。

「重いですか？」

丸谷がしらばっくれて訊く。

「ヘッドの重みを感じますか？」

これで感じない男がいたら、化けものだろう。

「では、それで水平スイングしてください。ゆっくりとね」

いわれるまでもない。早く振ろうにも重くてゆっくりしか振れない。小学生のとき水の入ったバケツを綱で結び、遠心力の実験をした、あの感覚。しかもその都度セットアップ――静の状態――から始動させられる。これが全身の筋肉に強烈な負荷を与える。松井のバットで鍛えていなければ、耐えられるしろものじゃない。そのようすを正面に立って丸谷が観察する。ひさしぶりに見る、医師のまなざしだ。

「グリップに要らぬ力は入っていませんね？」

「小鳥をつかむ力でフィニッシュまで」

《こんにゃくスイング》でカラダを慣らし、三十回も振ると、早くも額に汗が浮かんでくる。

丸谷がぼそりとひとこと。

「風切り音が聞こえませんね」

そりゃヘッドカバーのせいだろう。思ったが、わたしは黙って水平スイングをつづける。

「まだ聞こえませんね」

丸谷がつまらなそうにいう。ときおり（ブワッと）ヘッドカバーの発するにぶい音が聞こえるが、シャフトの発する音は混じっていない。

「まあ、いいでしょう、」

例によってひとりうなずくと、丸谷はわたしの正面に立ち、キャッチャーミットを肩の高さで構える。そして教官の口調でいった。

「この位置で、一瞬、ヘソに力を入れましょう」

「ヘソですか？」

「そう、一瞬だけ、キッと力を入れる！」

そういえば、風切り音が変わって来たような気がしないでもない。それにしてもタフなドリルだこと。全身の筋肉が未体験の試練に戸惑っている。

――翌週の月曜日。

わたしは、グラウンドにアディダスのゴルフシューズを持参した。「このドリルでは足元をしっかり固める必要がある」と命じられたからだ。こんなに体が（ピリピリ）激しく痛んだのは何年ぶりだろうか。見透かしたように丸谷がいう。

「どこか、痛くなりましたか？」

胴体と背に違和感があったが、正確な場所はつかめない。

「腕は痛くなりましたか？」

「いや」

「肩はどうです？」

「まったく」

「ならば、きょうは、ピッチングから意識的にやって欲しい動作がひとつあります。アンダースローでボールをリリースするとき、胸は地面を向いていましたよね」

「はい」

「その状態で、一瞬だけヘソに力を入れる」

「こんな感じですか？」

「ファイン。それで百回！」

その日の深夜、ひと気のない野球場の脇道にポルシェ911カレラが止まった。三十年まえのモデルにもかかわらず、ラインオフしたばかりの新車のように車体が輝いて見える。

扁平タイヤがツヤツヤ黒光りしている。

ドアを開けて降りてきたのは、長髪の丸谷次郎だ。

手に一本、ヘッドカバー付きのクラブをぶら下げている。あたりを見まわしながら、入口のネットをかきわけてグラウンドに入る。照明は常夜灯だけだが、その光のせいでグラウンドの野芝の色が緑とわかるほどに明るい。

丸谷は、ベンチに座ってドライビングシューズをゴルフシューズに履き替え、ホームベースに近づくと、ヘッドカバーをつけたままクラブを振りはじめる。ヘッドカバーの中にはゴルフボールらしきものが入っている。二十回も素振りしたろうか。丸谷は（いきなり）クラブを宙に放り投げた。

シャフトを（キラキラ）光らせながら、クラブはセンター方向に飛び出す。そして外野のネット手前で弾んでぱたりと止まる。

すぐに歩測をはじめる。ホームベースからクラブまできっかり五十歩。

「五〇ヤードか、」丸谷はつぶやく。

クラブを拾い上げ、丸谷はふたたびホームベースにもどる。また投げる。こんどはネットの下段に当たる。

丸谷は強弱をつけて、さまざまな投げ方をする。そのたびに歩測をし、飛距離を確認する。こんどはおもい切り振ってみよう、これが飛距離二七〇ヤードの基準値になる、そう独りごつと、丸谷はクラブを握ってバッターボックスに立つ。外野のネットの高さは、ほぼ一〇メートルだ。あれを越えるつもりで。意識をそこに集中する。

ハッシ！。放り投げられたクラブは、ネットを支える鉄柱に当たって鋭い金属音を立てた。だが吼えてもいいはずの住宅街の番犬たちは、静かなままだ。

おりから、軽自動車のパトカーが屋根に青色のランプをつけて巡回して来る。菜の花団地三丁目交差点にある駐在所のパトカーだ。団地の自治会が深夜の不法駐車と不審な車のチェックを警察に依頼したのだが、なにぶん人手不足で、パトカーだけの援助になった。だから今夜運転しているのは自治会交通安全部の部長と副部長だし、ランプの色が赤でなく青いのもそのせいだ。六六〇ccの忙しいエンジン音を響かせながら、野球場を一周すると、変わったことがなかったようにつぎの巡回場所へ移動した。

翌朝。わたしは十五分ほど早くグラウンドに着いた。

丸谷はまだ来ていない。

ところへ、入口のネットをくぐり、短足のシェパード風を連れて美女の母親が入ってきた。曇り空のせいだろうか、帽子を被っていない。二匹はわたしを見つけると、さっそくじゃれつきに来る。

「全快おめでとうございます。お嬢さんに聞きました」

入院して痩せたせいか、間近で見ると母親も娘似の——いや娘が母親似なのか——色白の美形である。

「おかげさまで、」にっこり笑うと、ますます娘に似てくる。

「むすめがお世話になりました」

「いやいや。それにしても美しいお嬢さんですなア」

「とんでもない。妹尾さんちのお嬢さんに較べれば、」

「えッ、」なぜわたしの苗字を知っているのだ。名のったこともないのに。

「六丁目の赤間と申します。家は妹尾さんとはブロックが二つ違うだけなんです。でもゴミ・ステーションがいっしょですから、奥さまとはよくお話しするんですよ、お嬢さんともね」

わたしは、あらためて己が世間の狭さを思い知らされる。

退職すると、男たちは地域コミュニティに溶け込んで、そこで「生きがい」を見つけるらしいが、わたしはその方面に意欲も関心もなかった。会社で血みどろの仕事をしてこなかったヤツほど、その方面の「生きがい」に熱心になるもんだ、と偏見をもっていた。いまさら何が社会貢献だ、人生四十年、俺が仕事に燃え尽くしたのは、自分や家族のためでもあるが、社会のためでもあったのだ。「それをテマエ勝手というんです、」そういって、とみ子はバカにするが、両どなりはともかく、その先の向こう三軒となると苗字すら出てこないありさま。とくに主婦の顔を覚えられず、玄関先で届けものを受け取るたびに、お名前をメモしなければならないのだ。

「それは失礼いたしました」

恐縮し、これ以上ないほどに頭を下げる。下がってきたわたしの顔を舐めに、シェパード風の赤鼻が尻尾を振ってからみつく。

「それより……、」赤間さんはまわりに人影もないのに、声をひそめた。

「妹尾さんのゴルフが問題になっているのはごぞんじですか？」

「え？」

「妹尾さんがまいにち野球場でゴルフクラブを振っているのを見とがめた奥さんがいて、自治会に訴えたんです」

「それで、意見が真っ二つに分かれたんです」

「野球場でバットを振るのはいいけれど、ゴルフのクラブを振るのはよくない、ゴルフのクラブはゴルフ場で振るものだという人と、そんなリクツをこねたらタクトも旗も振れなくなる、ボールを打っているわけじゃないからいいだろうという人と……」

タクトと旗のところで吹き出しそうになったが、わたしは真顔でうなずいた。

「賛成派は団地のゴルフ会の人たちが中心なんですけれど、数が少ないですから。同じゴルフでもグランドゴルフ同好会の人たちは反対派で、こっちはじいさん、ばあさんが大勢いますからね、うふふふ」

「うちの主人はゴルフをやるので賛成派なんですけれど。いずれにしてもちゃんとした規則がないのがいけないということで。こんど菜の花台の自治会役員の集まりで決めることになったそうです」

「……」

このあたりの情報は、かみさんには届いていないのだろうか？　あるいは知っていて、かみさんはトボケているのだろうか？

赤間さんとシェパード風を見送り、うしろを振り向くと丸谷が立っている。

わたしの話を聞いて、丸谷はヘッドカバーにボールを詰めながら考え込んだ。

「仕方ありません。此処でのドリルはきょうかぎりとしましょう」

「来週からどうします？」

「そのまえに、チェックしておきたいことがひとつあります。それを片づけちまいます」

そういって、いたずらっぽく笑うと、丸谷はわたしに耳打ちしてセンター方向へ走った。

そして緑色のネットに張りつくと、磔刑のキリストのように両手を広げた。

わたしは十回、二十回と素振りをし、じゅうぶんにカラダを慣らすと、丸谷めがけて（ハッシと）ゴルフボール入りのクラブを放り投げた。

第十六章　素振りの真実

「こんな時間に、どこへ行くのよ?」

プリウスのキーをポケットに入れ、クラブとゴルフシューズを持って玄関を出ようとすると、案の定、とみ子が見とがめた。

「野球場が使えなくなって、新しい場所でトレーニングをすることになったんだ」

これからひと月、それも毎晩つづくことだから、わたしは正直に打ち明けた。

「夜の十一時よ、そんなに遅くまでやっている練習場があるの?」

「まあな、」あいまいに答え、プリウスのドアを開ける。

「玄関の鍵は持った?　帰りが何時になるか知らないけれど、わたしは寝ていますからね」

とみ子の尖った声が追いかけてくる。

「お風呂に入ったら、ガスの元栓はちゃんと閉めておいてよ」

わたしは、丸谷が指示をした利根川の小鮒口水門をナビに入れ、案内にしたがってプリウスを走らせた。街道を四十分ほど行ったろうか。こんなところに道があるのかと思うような脇道に入り、利根川にぶち当たる。さらに利根川沿いをひた走る。舗装はされているが、急な土手を駆け上がったり、駆け下りたり、ヘッドライトの光がサーチライトのように揺れる。衛星時代の科学兵器がなければ、とても到着できない場所だ。

すでに丸谷の軽自動車は到着していた。

土手から見おろす河原は水門の照明に加え、月と星あかりを受けてほのかに明るい。昼間は子どもたちのサッカーグラウンドにでもなるのだろうか。だだっ広い草の原で。利根川の黒い水面がきらきら月の光を反射している。そこからいきなり冷たい風が吹きあげてくる。

「さあ、いきましょう」

元気な声を出すと、丸谷は土手を駆け降りる。すっかり冬支度だ。ボールを片手に、ミットもグラブも持たない。わたしはシューズの紐を締めなおし、ドライバーを右手に持って後につづいた。今夜のわたしはウインドブレーカーをはおり、首にタオルを巻いている。

例によって一キロのランニングを終えると、柔軟体操がつづく。タオルは早くも汗を吸っている。丸谷がヘッドカバーにゴルフボールを詰め込んだのはそのあとで、ゴルフシューズに履き替えると、「このひと月は、此処でクラブ投げを重点的に行ないます、」といった。

「ピッチングは？」

「球速は一〇〇キロを越えています。もうじゅうぶんでしょう。ただし《こんにゃくスイング》と《バット・パッティング》は、欠かさずつづけてください、バーベル四キロ・百回はいままでどおり。腕立て伏せ、腹筋、スクワットも家でするようにしましょう。わざわざ、こんな川っぷちに来てやることじゃありませんから。それぞれ一日五十回ずつ。僕が見ていないからって手抜きしないでくださいよ」

「もちろんです、ははは」

「じゃあ、今夜は三〇ヤードからはじめましょうか」

そういうと、丸谷は大またできっかり三十歩を歩き、止まって手を上げた。目鼻は判別できないが、長髪の男だとわかるくらいの光はある。

「さあ、投げてください。百回行きましょう！」

声の方向にエイムし、わたしは重いドライバーを放り投げる。クラブは暗い宙を舞って、丸谷の右手前に落ちる。それを拾って丸谷が投げ返す。じつに軽々と。右腕一本で投げた風なのに、クラブはキャッチボールのように正確にわたしの真ん前で弾む。また、わたしが投げる。わずかに右に逸れる。丸谷が投げ返す。ふたりの球道——とでもいうのだろうか——はあきらかに違った。わたしのは高い山なりだが、丸谷の投げるクラブはライナー性の弧を描いている。五十回目に、丸谷が大声で気合いを入れた。

「頭が上がっています！」

わたしは何度か屈伸運動をし、肩を回してセットアップに入る。そうなのだ。飛距離アップのポイントは——アンダースローの要領で——思いきり上体を沈み込ませ、一瞬、ヘソで振りぬくことなのだ。

何に驚いたか、河原の葦の根もとから「ギシッ」と枯れた鳴き声をあげて鳥が飛び立った。

「このドライバー以外に、ドライバーをお持ちですか？」

十二月のクラブ投げ最後の日。

凍りつきそうな月明かりの下で、丸谷次郎は妹尾由比古に質問した。

妹尾由比古の飛距離は、十日目に四〇ヤードに近づき、二十日目に四〇ヤードをほんのわずかに越え、しかし以後の十日はそれ以上に伸びることがなかった。これが限界といえないが、ここからの一ヤードは、六十九歳の老体には過酷な鍛錬となる。ティショットの飛距離になおせば、コンスタントに二三〇ヤードは出るヘッドスピードだ。満足しよう、と丸谷は決断した。来週からのドリルは「素振り」。さらに練習場での「ショット」へとつづく。その過程で飛距離をかせぐ可能性は無しとはいえない。とくにクラブの選びかたによって一〇ヤード程度のプラスはあり得るのだ。

「もう一本、二年まえまで使っていたドライバーがあります」

「デカヘッドですか？」

「いや、三〇〇ccです。これに較べると見た目、だいぶん小さい感じです」

「ロフトは何度か、わかりますか？」

尋ねはしたが、丸谷は正確な答えを期待していない。

「9度です」

「バランスは？」

「Dの1です」

アベレッジゴルファーはバランスなど知る必要もないし、知ったところでクソの役にもたたないのだが、妹尾由比古は（すらすらと）答えた。

「よくご存知ですね、バランスまで、」

「十二年まえに、造ってもらったドライバーなもンですから」

「造った？」

「ええ。仲間にもの好きがおりましてね」

ウエスギさんは、フリーのCMカメラマンだった。ところが趣味のゴルフが嵩じて、自宅に工房を構えるほどにクラブづくりにのめりこんでしまう。インターネットで、ヘッド、シャフト、グリップをそれぞれ注文し、シコシコと自分の好みのクラブをノックダウンで作る。それを広告会社主催のコンペに持って出て、「手作りだ、」とみんなに自慢する。ウエスギさんはことさらパーツに——できあいのクラブにはない——ケバイ色を選んだから、見かけが派手で、たちまち仲間うちの楽しい話題になった。

これが広告会社の役員の耳に入り、スポンサー贈呈用クラブの注文をいただく。ヘッドの大きさは？　色は？　ロフトは？　シャフトの硬さはどうしましょう？　根元調子？　先調子？　バランスは？　グリップはラバーかレザーか？　デザインにお好みはありますか？　セビルローの注文服ばりの微に入り、細にわたる質問責めをして、スポンサーの自尊心をくすぐり、役員から「たいへんに喜ばれた、」とお褒めの言葉。「費用は十万円も用意すればいいかね？」とごきげんな問いに、「無料で結構です。かわりに築地あたりの高級鰻店で一杯、」と抜かりなくビジネスの土台を踏み固める。正直に見積もれば、ヘッドが二千五百円、シャフトが三千五百円、グリップが九百六十円、その他接着テープ代などひっくるめても、原価は「鰻屋で一杯」に満たないのだ。

広告会社の連中——とりわけクリエーターと呼ばれる男たち——は、根がケイハクで目立ちたがりだから、日をおかず「おれにも一本、」というのが出てくる。ウエスギさんにとってCM制作関係者は身内みたいなもの。バカ高い値もつけられない。原価に製作手数料を載せた一万円で頒布をはじめる。

かくいう、わたしもその一人で。社内では理論家で通っていたから、ウエスギさんも気をつかったのだろう。事前に仕様の打ち合わせにやって来た。わたしのゴルフは（とうに）下降曲線を描き、本来なら老年用のごく易しいクラブに転向すべきだったが、選んだのはロフト9度の、アマチュアには高難度のヘッド。ウエスギさんは反対したが、「これが最後の見栄だ、ダメなら誰かにやってしまう、」とわたしは横車を押した。

当然だが、五十歳を過ぎたアベレッジゴルファーがロフト9度のドライバーで打つボールは高く上がらない。すべてが低いライナーで飛び出し、だが（乾いたフェアウエイでは）確実にランをかせいだ。だから、ときたま打ち下ろしのホールで芯を喰ったりすると、自分でも信じられないくらいの距離が出る。わたしは「うふふふ、」と含み笑いし、ゴッホのひまわりに似た黄色のシャフトをしごきながら、流行りのデカヘッド・長尺クラブを握った若い同伴競技者に講釈を垂れる。

「見なさい。ボールはちゃんと芯を喰えば飛ぶものなんだ。ところが大多数のヘボは、ボールを芯で捕らえられない。ならばヘボを前提にクラブを作るべきだ、と考えた時計メーカーがあって、できあがったのが、きみたちのドライバーだ」

「それまでの伝統的なクラブメーカーのスイートスポットは五十円玉の穴の大きさしかなかったのに、姑息にも時計メーカーはスイートスポットを五十円玉の大きさに広げてしまった。ショットが易しくなるのはよいと主張する評論家もいるが、テクニックの向上という面では軽々によろこべない問題だ」

「それがどうした！」

とは、制作プロダクションのプロデューサーは反論しない（できない）。なんせわたしは制作局長である。その腹いせに、彼らはけなされたドライバーを一閃し、フェアウエイの真ん中にあるわたしのタイトリストを遥かに超えるショットを放つのだ。

「来週は、そのロフト9度のクラブも持ってきてください」

利根川の夜風は冷たい。

襟巻きを締めなおしながら丸谷がいった。

「あと三ヵ月です。来週から素振りを開始します」

「素振りだけですか？」思うところがあって、わたしは禁じられている質問をした。

「ボールを打ったりすることは?」

「一月いっぱいは、ありません」

「ならば、よい場所が」

わたしの念頭にあったのは、自宅から五〇〇メートルと離れていない栗畑だ。門構えの立派な農家の持ちもので、とみ子がそこの奥さんと懇意にしていた。九年まえに、その家で生まれた白い仔猫(カサブランカ)をもらった。それが縁で、葱や大根、春先にはタケノコまで届けられるようになった。とみ子はいただきもののケーキなどをお返しに差し上げる。わたしも奥さんとだけは挨拶を交わす。ご主人は心臓の病気で亡くなり、息子や娘たちは農作業には関心がない。広い栗畑は荒れ放題に荒れている。そこを借りよう、と考えたのだ。

「いまの季節、栗の木は葉を落として、クラブを振るスペースはたっぷりあります」

「ではそこで、朝八時はどうでしょう?」

「野球場の横を抜けて、坂を上り下りしたまっすぐの道ですから、すぐわかります。入口にわたしの自転車を止めておきます」

会釈して丸谷は軽自動車に乗り込んだ。

わたしはプリウスのエンジンをONにすると、メーターの中央にあるデジタルの時計を見た。すでに深夜一時をまわっている。これから家に帰って風呂に入り、ベッドにもぐりこむのは二時半だ。丸谷はどうするのだろう。ひと気のない部屋のドアを開け、照明のスイッチを入れ、それから遅い晩飯とも、早い朝食ともつかぬ飯を食べるのか、読書するのか、そのままベッドにへたり込むのか――生まれてこのかた、独り暮らしの経験のないわたしには、想像しがたい世界だった。

――初めてゴルフクラブを握る男女学生百人を、スイングの基本を教えたのち、AとB二つのグループに分ける。Aグループには練習場でいきなりボールを打たせる。Bグループにはひと月の間、基本にそった素振りだけをさせ、その後に練習場でボールを打たせる。はたして二ヵ月後、ならびに半年後、両者のゴルフにいかなる相違が生まれるか？

某州立大学で実施された、この実験研究レポートを手に入れて、丸谷次郎は入院中のロリ爺さんに届けた。レポートは速報で詳細は論じていないが、Aグループには手打ちが多く、Bの素振りグループの優位性を（はっきり）結論づけていた。なにしろロリ爺さんのレッスンは素振り一辺倒である。ひと月どころか、二年半はマサカリの素振りだけで、クラブでボールを打つのは最後の半年に過ぎない。ロリ爺さん独自のこの（荒っぽい）レッスンの正当性を州立大学の体育研究室が立証してくれたわけで。病床のロリ爺さんを元気づけるのに、これ以上の見舞いはない、と次郎はおっとり刀で駆けつけたのだ。

レポートに目を通すと、ロリ爺さんは頬のトカゲまでしわくちゃにして喜んだ。だが、すぐに真面目な表情になり、「しかしなあ、」といった。

「世間は奇態なもんで。マットウなものを支持するとはかぎらない。むしろ排除することのほうが多いからな……なぜだと思う？」

こうしてひとにものを尋ねながら、自分の考えをじゅんじゅんと整理してゆくのが、ロリ爺さんの癖だった。

「マットウなもの、マットウなことは、人に覚悟を強要するからだろうな。信念といったらいいか。勇気といったらいいか。男なら侠気だ……」

「アメリカで『銃を捨てよう』と主張するには、テメエが銃で撃ち殺される覚悟をしなきゃアならない、」

「いや、話が大げさになっちまったな……」

「要するにおれのは、バリーたちと違って、スイングを変えるのでなくカラダを変えるやりかたなんだ。だから生徒に痛みを強いる」

「高い山に登るんだから汗をかく。足にマメができる。マメをつぶし、血を出し、タコのように硬く固めて、初めて屈強な実力が備わる。これがマットウな鍛錬の方法だと（おれは）信じているんだが、世間はそう考えない。おれのやりかたを白い目で見る。エアコンの効いたケーブルカーで頂上に登ってどこが悪い、と誰もが思っている」

「成長のために生きものとして受け入れるべき苦痛から人間だけが逃げまくっている。世の中全体が楽ちん志向になっちまってる。そう思わないか？　人間どころか、レタスやメロンまで温室でぬくぬくと育てられている。あげくに石油を使いまくって地球をめちゃめちゃにしている。そんな気がしてしょうがない」

「肉の痛みだけじゃないぜ。心の痛みだってそうだ。人間、ののしられ、バカにされ、コケにされ、笑われ、ぺしゃんこになって立ち上がり、強く、たくましくなって行くもんだ。そうして他人に優しい、新しい自分を発見する。そうじゃないかい？」

「……」

「それにしてもうれしいよ。ありがとう」

ロリ爺さんは次郎の手を握り、何度も頭を下げた。赤銅色のたくましかった腕が日々痩せ細ってゆく。そのぶん傷跡が大きく見える。次郎は明るい笑顔で答えた。

「Ya, welcome!」

「そのレポートをバリーの野郎にも見せてやれ。なんというか？　あいつらはケーブルカーを快適にすることしか念頭にない連中だからな。ウワッハッハッハッハ」

レポートを読み終えると、バリーは神妙な顔つきになった。バリーたちの科学的指導法では素振りはどのように位置づけられ、いかなる狙いをもって行われるドリルなのか、そのあたりを聞きたかったが、質問するまえに、バリーは唾を吐くようにいった。

「ひと月も素振りだけをやらせてみろ。お客さん（生徒）は全員、よそに移っちまうさ」

なるほど。科学的指導一派は「無痛」という世間の風になびいている。

「我々のゴルフスクールのスローガンを教えてやろうか」

金縁の眼鏡の目が、かすかに恥じらっている。

「スマイルでお客さんを迎えよ、というんだ」

――ビギナーがやって来たら、適当なお話（お客さんのご希望や過去のスポーツ歴など）をして、さっそく7番アイアンを持たせ、ボールを打っていただく。むろんボールはそっぽに飛んでゆくさ。だが、ここでもスマイルだ。失敗はお客さんの「成長の宝」であることを優しくお教えする。（我々にとっても、お客さんのボールがそっぽに飛べば飛ぶほど、その後のレッスンの価値が高まる次第だからな）。コソクな方法だが、これはビジネス・コンサルタントが営利目的で考え出したものではない。ちゃんと「サイエンス」に裏打ちされているのだ。人間は自分の行為の具体的成果を見て最大級のやる気を出すという「学習効果理論」とやらを前提に構築したものなのだ――

愚痴りながらも、さすがに、バリーはロリ・マクマハンの息子だった。レポート内容に大いなる関心を示し、所属するゴルフスクールで議論してみよう、といった。それで駄目なら、個人的に何人かの生徒を対象に「素振りの効果」就中「急がばまわれ」の実験研究をしてみる、と片目をつぶった。

（その後、バリー・マクマハンは独立し、自前の小さなゴルフスクールを開校する。ロリのレッスンを科学的指導法の視点で改造し、上級をめざす中学生、高校生たちを集め、徹底した素振り教育をほどこす。やがてその生徒たちがアマチュアのゴルフ大会で活躍をし、入学希望者が殺到するようになる。しかし、バリーはスクールを大きくする気はない。バリーの夢はスクールからトッププロを輩出することだった。十年後には、入学テストにひと月の時間を掛けるようになる。まいにちパブリックコースを二周走らせ、百本の薪をマサカリで割らせる。それでほとんどの子が脱落する。だが不思議なことに、必ず何人かがしぶとく生き残る。その中のひとりに、アフリカンアメリカンの父とアジア系の母を持つ、くりくりと目玉の大きい少年がいた……）

「あきれた。正月の三が日に練習なんて、罰が当たるわよ」

とみ子が口を尖らせ、ののしったが、わたしは意に介さない。ゴルフシューズと手袋と大きな風呂敷包みを前籠の中に丁寧に押し込み、ゴッホのひまわりの黄色いシャフトを装着したドライバーを抱えてママチャリを走らせる。

風呂敷包みには、おせち料理が入っている。

我が妹尾家では、これまでとみ子がおせちを手作りしていたが、十年まえ、夫婦ふたりきりの正月になったのを機会に、金沢の料亭の出来合いを注文するようになった。それは京風の仕立てで、福島の漁師町育ちのとみ子のそれに較べれば、見た目も味わいもたおやかで、上品だった。四人用の三段重ねだが、ふいの来客もなくなり、長女は海外生活でいない。しかも夫婦して下戸だから、どうしても口に余ってしまう。丸谷次郎に聞いたら、「おせちなんて、ここ三十年ほど口にしていません、」と笑うので、「だったら、残りものので申しわけないが」と、こうしてママチャリに積んだのだ。ほんとうは家に招き、酒でも飲みながらのんびりしてもらいたいのだが、丁重に断わられた。いつもどおりの簡潔な、理由を問わせない、しかし相手を不快にしない断りかたで。

栗畑のある道路には、もういつもの軽自動車が駐まっている。

「きょうこそは、丸谷と同じ場所に音を出してみせる」

わたしは自信満々だった。

そのドリルは単純だった。

ふたりで向き合い、まず丸谷がドライバーを振る。シャフトの風切音が――筆で刷いたように――空中に張りつく。大事なのは音の質と頂点だ。つづけてわたしが試みる。同じ頂点で同じような音が出ればよし。出なければ、出るまで振りつづける。

初めての日、わたしは、丸谷がドライバーの素振りで（じつに器用に）音を出すのにびっくりした。

「これが二二〇ヤードの音」

「これが二四〇ヤードの音」

「これが二六〇ヤードの音です」

ヘッドスピードが上がるにつれて、音が乾燥してゆく。布から木へ、金属へ、さらに鉱石へ、そんな感じの音の質の変化だ。しかも音は圧縮されたように短くなってゆく。コピーライター風に表現すれば「シュウウー」が「シュウー」になり「ヒシュ」に変わり、ついには「キヒュッ」となる。同時に、音の頂点が後方から前方――からだの左サイド――へ移動する。二二〇ヤードではまだインパクトの手前、二四〇ヤードでインパクトの真ん中、二六〇ヤードでインパクトの前方に音の山が飛び出る。

「インパクトの先で風切り音が出れば一人前……」

わたしは四十年間、このひとことに亡霊のようにとり憑かれて来た。あれやこれやとレッスン書を読み、プロの連続写真を眺め、練習場でシングルプレーヤーのスイングを真似て来たのもこの一点のため、と断言してよい。

まだ壮年期、四十歳頃だった。或るヒントをゴルフ週刊誌で発見し、居間でドライバーを振ってみた。なんと、音はインパクトより先にあるではないか。「なんだ、こんなカンタンなことだったか」と狂喜し、念のため、とみ子を呼んで前に立たせ、「どこで音が出るか、耳を澄ましてくれ、」と頼んだ。

（わたしは三十歳のとき、突発性難聴で左耳が聞こえなくなっている。片耳になって困ったのは「音はすれども、その場所が分からない」ことだった。エンジンの音がしても、車は右から来るのか、左からなのか、後ろからなのか、すぐに判らない。死んだ母も左の耳が不自由で、左から声をかけても（ふっと）右を向いた。しかも雑踏に入ると――一つの耳にノイズが集中するせいだろう――音の出所はもちろん、誰の声かも分からなくなる。だから、母とこんにゃく閻魔の縁日に行ったときなどは、人ごみの中で、言葉でなく握りあった手で会話をしていたものだ……）

「此処よ」と、とみ子は指を差す。

インパクトどころか、インパクトより一メートルも手前である。

「ちがうだろう。この辺だろう?」

わたしはインパクトの先を指差した。

「じゃあ、もう一回やってみて」

「いいか、間違えるなよ」

「やっぱり此処よ、」とみ子は自信たっぷりに答える。

それでもわたしは(執念深く)スイングの極意を探しつづけた。だが、そのたびにとみ子に笑われた。寄る年波とともに風切音はさらに後退し、「勘ちがい」すらなくなって、きょうに至っている。

その夢のような音を、丸谷は軽々と発する。

「妹尾さんの番です」

クラブをわたしに手渡すと、丸谷は地面に白いティーを挿し、正面に立った。手にしたひまわりの黄色のクラブは、ゴルフボール詰めのに較べれば、格段に軽い。

おもむろに素振りする。(ひゅううッ!)とかすかに乾いた音。二度、三度、上半身を限界までひねり、ヘッドの動きと軌跡を意識しつつゆっくりもどし、からだを慣らす。丸谷がその一部始終を見ている。

「では、まいります」

白いティーにセットアップし、わたしは九ヵ月ぶりに――正確には二百七十八日ぶりに――ドライバーのクラブヘッドを（じわりと）うしろへ引いた。

第十七章　レーザーポインター

——そのとき、丸谷次郎の耳には、妹尾由比古のクラブの風切り音が（目印に刺された）白いティーを穿いたかに聞こえた。音質も乾いている。丸谷は即座に「ヘッドスピード四三m／秒。想定飛距離二三〇ヤード強、」と判定する。一ヵ月におよぶ利根川河原のクラブ投げドリルの成果が出ていた。しかし、これで課題は解決したわけではない。大きな課題がこの先に横たわっている。

安宅さんからメールが入った。

安宅さんは気取りのない人で、メールの書きかたにも飾りけがない。最初から終わりまで改行せず、句読点の打ちかたにも決まったスタイルがあるわけでなく、ズラズラといいたいことを書き連ねてゆく。それでいて——そのたびに、わたしは感心するのだが——文意がじつに理解しやすい。きょうのメールは長文で、十二ポイントの大きな活字の「ズラズラ」がパソコン画面をいちめんグレーにするほどに覆っていた。

妹尾由比古

恋之坂の新年盃、無事に終わりました。優勝はハンデ36の藤田さんが105でまわり、吉良くんの連覇を阻止しました。うれしいことです。トピックスは吉良くんが一人の外人さんをコンペに連れて来たことです。私よりふたつ年下の、長身でがっしりしたアメリカ人でした。白髪で金縁の眼鏡をかけているので、みな、大学教授かしらと思ったのですが、同じ教授でも昔ゴルフスクールの教授でしたと自己紹介したので（もちろん英語。吉良くんが通訳しました）大笑い。急遽組み合わせが変更され、私と外人さんと吉良くんと会長がいっしょにプレーすることになりました。見ると彼は左足を引きずっています。心配になって尋ねるとカートを指差して「エブリシング、オーケー、イッツノープロブレム」と私にも判る英語で答えてくれました。プレーは第一打から驚きですよ。十番ホール（たまたまきょうはインからのスタートだった）で、この外人さんは上りのフェアウエイの中腹までかっ飛ばしたのです。私も快心のショットで上りにかかるところまで飛ばしたのですが、それより三〇ヤード先でした。真っ平なフェアウエイだったら五〇ヤード以上離されていたでしょう。第二打はアイアンでグリーンオン。「ファイブ・アイアン？」と聞くと「エイト！」という答え。やっぱりゴルフスクールの先生だっただけのことはあると感心しました。聞けば吉良くんは彼のスクールの生徒だったとのこと。やはり吉良くんはロス支局駐在中に猛練習をしてゴルフの腕を上げていたのです。それにしても外人さんのパットの巧いのにはびっくりしました。初めてのコースなのに四、五メートルをポンポン放り込むのです。パットの賭けをやらなくてよかったですね、一万円はやられていましたよと吉良くんがニタニタ笑っていましたが、ほんとうです。どうしたらそんなに上手になれるのか質問したら、プラクティス、プラクティス、これはパットに限らない、と青灰色の眼でにらみました。つまり何事も練習だそうです。外人さんのスコアはインが33、アウトが34でした。元レッスンプロとはいえ、七十四歳の老人の出すスコアではありませんよ。今回はご夫婦で日本に遊びにいらしたとか。吉良ケンジのおかげでみなさんといっしょにプレーすることができてたいへんに光栄だと挨拶し、最後にきちんと吉良くんを持ち上げて帰ってゆきました。名前はバリー・マクマハン。父上は北アイルランドの出身だそうです。……

――バリー・マクマハン？

此処で、わたしの視線は動かなくなった。たしか、あれは夏の日だった。野球場のベンチで丸谷がロリ・マクマハンの話をしてくれた。記憶ちがいでなければ、バリー・マクマハンはロリ・マクマハンの息子でなかったか。十七歳でキュースクールをトップ合格したが、交通事故にあい、レッスンプロに転向したバリーだ。年もほぼ一緒。左足が不自由というのも、丸谷の思い出ばなしと符合する。そのバリーが日本に来ているらしい。丸谷は知っているのか、いないのか。ロリの死後、二年半のあいだ、丸谷はバリーの指導を受けている。それなりの師弟関係はあるはずだ。吉良がバリーの生徒だった偶然にもおどろいたが、わたしはそっちが気になって仕方ない。

わたしの話を聞くと、丸谷は（暗然と）立ちつくした。

栗畑の闇をにらみ、誰かに語りかけるようなそぶりを見せ、ひとり何度もうなずき、じっと目をつぶっている。指先が突風にはためくピンフラッグのようにふるえている。あきらかに苛立っている容子。こころなしか、顔が青白く見える。必死に呼吸をととのえようとしているのがわかる。そして「ふ、」とひと息吐くと、ようやくふだんの丸谷にもどり、何事もなかったようにレッスンの準備をはじめた。

「なんなら、吉良という男にバリーの宿泊先を確認しましょうか？」

「それにはおよびません」

例によって簡潔な返事。ただの断わりではない。バリー・マクマハンの話柄をこれ以上つづけないで欲しい。拒絶の調子が鮮明だ。

「では、走ります……」

そういうと何度か屈伸運動をして、丸谷は金網の囲いを走り出た。

きょうの丸谷はペースがやたらと早い。強い北風の中を、わたしは息を弾ませてあとにつづく。いつもなら走りながら世間ばなしするのに、それもない。丸谷はまっすぐ前方を見つめたまま、考えごとでもするようすで黙々と先をゆく。雑木林沿いの県道と農道を一周すると、ちょうど一キロ。

準備体操で呼吸を整えると、丸谷は無言で（ゴルフボール入りの）重いドライバーの用意をはじめる。そしてトレーナーのポケットに手を突っ込み、五センチほどの、銀色のカプセル状のものを取り出した。

「なんですか。それは？」

「レーザーポインターです。講演会などで使用されるあれです」

ああ、とわたしは思い出す。昔、とある広告主のプレゼンテーションで同僚のマーケティング担当がそれを使って説明をしたことがある。レーザーの赤い点がホワイトボードの上をミズスマシのように（スイスイと）動くのを見て、ひどく驚いた。それにしてもこんなものを何に使うのだろう？

「きょうから、ボールを打ちます」

丸谷はレーザーポインターのスイッチを入れ、赤い点をしばらく地面で遊ばせると、わたしの前で止めた。ちょうどティアップしたボールの位置だ。

「この赤い点がボールです」

「これを飛ばすのが、これからのドリルです」

レーザーの赤い点は、丸谷の脈搏に応じて小刻みに震え、生きもののように地面に張りついている。それにしても、おもしろい方法を考えつくもんだ。

しかしホンモノのボールより小さいぜ、ふっふっふ。

——と。

背筋を冷たいものがひと筋（つるんと）すべり落ちた。

「妹尾さんはボールを前にすると、スイングが変わりますね……」三十数年まえの徳川社長のひとことが、地下水のように脳の表面に染み出てきたのだ。

「ティイング・グラウンドに立ったつもりで、このボールを打ってください」

「……」

「ただし、ヘッドが通過したあとも、この赤い点を残すこと。インパクトの前に赤い点が消えたらミスショットです」

意味がよく呑みこめないが、まあよかろう。

わたしはクラブヘッドを赤いボールに添わせゆっくりテイクバックする。そしてトップから赤いボールめがけクラブを引きずりおろす。一瞬、ヘッドカバーが赤い点を摑まえ、同時に消えた。なるほど、赤いボールは栗畑を突き抜け、はるか前方に飛び去ったというわけだ。

ん。楽しいドリルだぜ。

重いクラブで五十打。わたしは赤いボールをすべてきれいに弾き飛ばした。だのに、丸谷からひとことの褒めことばもない。

代わりに、ゴッホの黄色のシャフトのドライバーを突き出される。

「こんどは、それで百打です」

こころなしか丸谷の表情が硬い。バリー・マクマハンの話が胸のどこかにひっかかっているのだろうか、例にない、きつい命令口調で繰り返した。

「インパクト後にも赤いボールを残すこと、わかりましたね！」

「はい、はい」

と、わたしは鼻先で返事をする。

クラブは軽くなったし、たやすいことだ。

ところが、赤いボールはインパクトゾーンどころか、その手前で掻き消えてしまう。正確にはダウンスイングの途中で消えてしまう。ヘッドカバー付きでは軽く捕まえられたのに、どういうわけだ？

五打目も、六打目も……三十打目も同様だった。いつの間にか、わたしはやみくもに力を入れ、さらに三十回、クラブを振り回していた。

「どうしました？」

語り口はやさしいが、丸谷の眉間には般若のごときタテ皺が寄っている。


丸谷次郎は、絶望しかかっていた。

あれほどドリルで叩き込んだのに、妹尾由比古の古いマッスル・メモリーは除去されていなかったらしい。悪い何かが――スイングのすべてを破壊する何かが――妹尾由比古の体内に残っているようだ。

栗林を湿った風が吹き抜ける。

「もう一度、やってみましょう」

平静に、できるかぎり平静に、丸谷は妹尾由比古の前に赤いボールを置いた。こんどは妹尾由比古のスイング全体を見る。音の位置など無視してよい。

「さあ、どうぞ」

ヒュシューッと、力のない風切り音。

だがそのひと振りで、丸谷は原因を突き止めていた。

——妹尾由比古は、トップで破綻をきたしている。

〈スイングの正しいタイミング〉とは、バリー・マクマハンのいうように、「トップから、体重移動にともなって、足と膝が動き出し、さらにヒップと胴体、次に背中、肩とつながり、最後に腕と手が動く」ことである。もっと精緻に言えば、手の先にはシャフトがあり、さらにヘッドがつながっている。つまり最後の最後に動くのは、クラブヘッドにほかならない。にもかかわらず、妹尾由比古はクラブヘッドを真っ先に動かしている。

タイミングの破綻。

手打ちの——トップで（反射的に）グリップに力を入れる——「クセ」が抜けていないのだ。最初のドリルではヘッドカバーとボールの重さでヘッドは静止していたが、軽いヘッドに変わったとたん、古いマッスル・メモリーが蘇生したのだろう。人間、課題を念頭におくと無意識に要らぬ力が入る。妹尾由比古はその典型なのだ。

しばし考え、丸谷は妹尾由比古にゆるゆると質問した。

「グリップの握りは、フィニッシュまで小鳥を握るやわらかさでしたよね？」

「……」

「スイングは水平に、でしたよね？」

「……」

「一瞬だけ、力を入れるのはどこでしたっけ？」

わたしは二の腕で首筋の汗をぬぐった。

あらためて腰を安定させ、赤いボールにセットアップする。

「ふぅ、」と息を吐き、全身をつかって水平の《こんにゃくスイング》。

三往復、四往復、力は要らない。

指に力を入れてはならない。

シャフトがうしろ首をガツンと叩く。

ヒップターンだ。

頭を下げろ。

ヘソに力だ。

一閃！

甲高い風切音が静寂を切り裂いた。

——地面に赤い花びらが舞った。

あっけなかった。

こっちからあっちへ透明な壁をすり抜けた、そんな手ごたえのない達成感。

しかし、まちがいなく奇跡は起こったのだ。次も、その次も、そのまた次も、花びらは舞いつづけた……。奇跡は百五十回つづき、もはや奇跡と呼べなくなった。

スイングによって、なぜ赤い点がインパクト前に消え、あるいはインパクト後まで残るのか。魔法のようだが、カラクリは簡単だ。丸谷は妹尾由比古の振るクラブの風切音に合わせ、レーザーポインターのスイッチを切っていたのだ。（重いクラブのときは、感覚をつかませるために意図的にインパクトに合わせていた）。

これは、重いマサカリから軽いクラブへ移行する際、ヘッドスピードを確認するために、ロリ爺さんの編み出した独自のドリルだった。ロリの時代にはレーザーポインターは容易に手に入らなかったから、爺さんは光源としてアメリカの警官たちが携帯する（たちまち武器の警棒に変身する）懐中電灯を細工して使っていた。したがって、このドリルは日が落ちて、暗くなりかけてから行われたものだ。

丸谷もバリーを相手にこれを行なっている。

バリーは十代の生意気ざかりの頃、このユニークな方法についてロリ爺さんに質問したことがあるらしい。工学的原理ではヘッドスピードはインパクト時に最速になっていればよい、つまり——ボールが飛び出したあとでヘッドスピードを上げたところで何の意味もない、無駄なことである——学者はそうのたまうが、この意見についてどう考えるかと。

ロリ爺さんは、不味いコーヒーを飲まされたような顔つきで答えたという。

「物理学者は、じつにおバカさんだ」

「かれらは人間（のこころ）というものを知らん。一〇〇メートル走のランナーがテープを切る瞬間を考えろ。テープがゴールだと思ったら、ランナーのスピードはどうなる。科学とは違う、これが人間の（こころの）リクツというもンだ」

「たいへんよくできました」

丸谷がドリルを締めくくったのは、わたしが百五十回のスイングを終えたあとだ。わたしは栗の樹に寄りかかっていた。丸谷がうれしそうに、レーザーポインターで枯葉の上に真っ赤な三重丸を描いてくれる。

「のみ込めましたね？」

「なんとなく……」

「自信を持ってください。妹尾さんは、もう昔のスイングはできませんから」

「いまのスイングで二五〇ヤードは飛びます」

「そうですか？」

「そうですとも」

目頭が熱くなってくる。笑みがこぼれ落ちて、止まらなくなる。

ついに、ここまでたどりついた。あとは練習場でボールを打ち込むだけだ。どんな結果が出るのだろうか。ネットに貼りついた〔２５０〕の標識が目に浮かぶ。ネットで打球が跳ねるのが見える。打球はどんな弾道で飛んでゆくのか。それより（ちゃんと）ボールに当たるのかしらん。期待と不安で、今夜は眠れなくなりそうだ。ともかく来週が待ち遠しい。

第十八章　セットアップ

杳として、丸谷の行方がわからなくなった。

一週間経つが、音沙汰はない。仕方なし、わたしは毎朝八時に栗畑に出掛け、最後のドリルだった素振りをしながら、丸谷のやって来るのを待った。エンジン音がするたびに金網のフェンスに目をやる。だが丸谷の軽自動車がやって来る気配はなかった。

丸谷が入力してくれたケータイナンバーにもコールした。これは空模様が心配なとき、たがいに連絡を取り合うための手段だったが、この九ヵ月間、わたしのほうから電話を入れたことは一度もない、レッスン中止の連絡は（つねに）丸谷から届いていた。それも、雲の合間から陽がのぞいているのに、中止の電話が入った。気が早いな、と思いつつ空を眺めていると、かならずポツリ、ポツリときて、やがて本降りになる。不思議なくらい正確な読みだった。そのケータイも、つながらないどころか、使用されていないものだった。二週間経ったが、まだ連絡がない。

若く、頑強そうに見えても、丸谷はわたしと同い齢の六十九歳だ。急な病に襲われることもあるだろう。脳障害や心臓の発作がないとはいえない。団地の部屋で独り臥せっていやしないだろうか？　胸騒ぎがして、わたしは丸谷の住むつぐみガ丘団地まで車を飛ばした。団地内の交番で尋ねても、その名の住人は見当たらないという。「最近は、届けもなしに妙な人間が出入りするので困ります、一軒、一軒、当たるにしても千世帯以上ありますよ」と脅される。せっかくここまで来たんだ。ならばと団地の駐車場をめぐることにした。丸谷の乗っていた軽自動車を見つければ、部屋の見当がつくかもしれない。たしか、ダイハツのミラ、オリーブグリーンのボディで、千葉にはめずらしい品川ナンバーだった。

……半日掛けたこの探索も、徒労に終わる。

わたしは途方に暮れた。つぎは「練習場でショット」というレッスンの山場で、先生が行方不明になってしまったのだ。それも、明日で三週間を過ぎようとしている。これまでの九ヵ月の特訓が宙に浮き、積み重ねた鍛錬の成果が泡のように消えてゆく、それが（いよいよ）現実味を帯びてきて、不安でならない。それでも、わたしは栗畑でのドリルと家でのドリルを丹念につづけた。丸谷がいつ顔を出すか知れないからだ。レーザーポインターはないから、音だけをアテにした。音色だけを聞いた。いちじるしく向上することはないが、昔のようにたるんだ音色は（まったく）聞こえなくなっている。

さて、この先どうするか？

わたしは書斎のオイルヒーターを強にして考える。机の上に結論が二案あった。

一案は、丸谷をあきらめる――。（丸谷の立てたスケジュールどおり）練習場に行き、ショットの練習にいそしむ。何をどうすればよいか、アテはない、適当にボールを打つ。特訓の成果はまず飛距離に出るはずだ。この目でそれを確かめ、あとは自分なりに新しいゴルフスイングを組み立ててゆく。

もう一案は、丸谷を待ちつづける――。生まれ変わったゴルフをするために、わたしは丸谷に指導を仰いだのだ。九ヵ月余の血と汗を無駄にするわけにはいかない。四十年間、自己流で失敗しつづけて来た過去を顧みよ。いまさら急ぐ必要もなかろう。

わたしはキャディバッグに立てかけてあるマツイのバットを手にとった。一日二百回の素振りと《こんにゃくスイング》で、グリップは黒光りしている。貼ったシールも汚れが目立つ。〈筋肉は物覚えが悪く忘れやすい〉。警句がブルーブラックのインクで書かれている。達筆ではないが、丸谷らしい意志の強い楷書だ。たった一人きりの部屋で、どんな気持ちで、丸谷はこの一行を書いたのだろうか。

「やっぱり、待とう」

わたしはバットのヘッドを天井に向けた。


翌日——栗畑のドリルからもどると、わたしは居間の電気ストーブを隅に片づけ、スイングできる空間をつくった。そして、とみ子を呼んで、目の前に立ってもらう。

「どこで音がするか、教えてくれ」

こうしてかみさんに頼むのは何年ぶりだろうか。居間でドライバーを振らなくなって、すでに二十年、いや二十五年は経っている。とみ子は「また、昔のあれですか、」としぶしぶ命令にしたがう。たしかあのときは、ボールより後ろでしか——このひとは前だといい張ったけれど——音は聞こえなかったわ。

「しっかり目をつぶったままで、音のした場所を指さしてくれ」

「はい、どうぞ」

一回目。わたしは軽い肩慣らしのつもりでドライバーをゆっくり振る。いや、正確にはクラブヘッドをゆっくり振る。だがその風切り音のすごさに、自分でもたまげる。二十五年まえとはまったく違う音の質だ。とみ子の人さし指はインパクトのあたりをさしている。

二回目。意識的にヒップを回転する。力はヘソ以外に入れない。ヒシュッと音が高く、短くなる。とみ子の人さし指はインパクトの十センチ先を向いている。

三回目。利根川の夜を目に浮かべる。遠くの暗がりに丸谷の姿が見える。そこまで投げる。ヘッドの遠心力を最大にする。キシュッ。居間を真っ二つに裂くような風切り音。とみ子の人さし指は、インパクトの二〇センチ先を刺して動かない。

四回目。さらに大きくスイングしてみる。

と、鋭い風切り音に「ガツン！」と馬鹿でかい音が混じった。ドライバーのヘッドが、漆喰の天井をこすったのだ。この居間で二千回以上クラブを振りまわしてきたが、こんなことは初めてだった。どうやらスイングプレーンそのものが大きく変化しているようだ。ともかくまえといまのスイングはまったく別物になっているらしい。それだけは確かだった。（じいんと）胸に熱いものが込みあげてくる。

とみ子がヘッドのえぐった天井の傷をにらみつけ、憤然としている。

二月も半ばになった。

栗畑へ行く途中で、わたしはひさしぶりに短足のシェパード風に出会う。二匹が猛烈な勢いでじゃれついてくる。綱を引いているのはお嬢さんだった。臙脂と黒のキルティングのブルゾンが垢抜けている。

「会社、おやすみですか？」

「きょうは日曜日ですから」

そうか。丸谷のレッスンがなくなって、わたしは曜日の感覚までなくなってしまったらしい。

「お母さんはお変わりなく？」

「おかげさまで。喧嘩のまいにちです、うふふ」

娘の笑顔は、やっぱり母親より美しい。

「それはそうと、一件はどうなったか、お聞きになっていませんか」

「野球場でゴルフの練習の件ですか？」

「ええ」

「禁止に決まったそうです」

「やっぱり」

「妹尾さんは、外野に向かってクラブを放り投げたでしょう？」

「そういえば、最後に一度だけ……」

「たまたま反対派のおばさんがそれを見ていて、自治会長さんに告げ口したんだそうです。

鬼の首を取ったように」

「うむ」

「で、それまでは、孤独な老人がたった一人で楽しみにクラブを振っているんだ、他に迷惑をかけるわけじゃない、咎めるのはどんなものかと好意的だった世論が、クラブを投げるのは危ない、事故があったらたいへんだ、と禁止に傾いたんだそうです」

「孤独な老人ですと？」

「ごめんなさい。自治会長さんがそうおっしゃったんです」

「しかし、たった一人でというのもなんですなあ」

「ほかに、どなたかいらしたんですか？」

「……」

「この春、母が野球場で初めて妹尾さんを見たときだったかな。妹尾さんが一人で両手のひらを上に向けて珍妙な運動をしてるって、びっくりしてましたけれど」

「……」

「それと、なんであんなに声を張りあげながら、グラウンドを走るのかって、」

「それも誰かに向かって怒鳴りながらって。妹尾さんは変わった人だって笑ってましたよ」

「……」

三月になった。

未だ丸谷の行方はわからない。タンポポの芽生えはじめた栗畑で、ドライバーを振りながらわたしは悩んだ。来る日も、来る日も、悩みつづけた。丸谷はもう姿をあらわさないのではないか。そんな思いが日増しに強くなっていく。

あの日の丸谷は、あきらかにようすが違っていた。バリー・マクマハンの話を聞いたとたんに落ち着きを失った。それまで見せたことのない苛立ちを見せた。そればかりか、ドリルに目処が立ったときも、「自信を持ってください。そのスイングができれば二五〇ヤードは飛びます」と断言した。あれだって丸谷らしくない。いまにして思えば、これが最後のレッスンという調子ではないか。

翌日は、四月のようなポカポカ陽気になった。書斎の窓から、あったかな春風が吹き込んでくる。わたしは意を決すると、トックリのセーターを脱ぎ、長袖のポロシャツに着替え、その上にベストを重ね着した。キャディバッグから（ゴッホのひまわりの黄色いシャフトの）ドライバーを引き抜く。そして羊革の真新しい手袋をズボンの左のポケットに、プリウスのキーを右のポケットに突っ込み、キッチンにいるとみ子に声を掛けた。

「練習場に行って来るぞ！」

「行ってらっしゃい」

ほぼ一年ぶりだというのに、とみ子の返事は昨日のことのようにあっさりしている。

わたしの胸は、機関車のごとく高鳴っている。

プリウスのハンドルを握りながら、これから起こりそうな、あれこれを想像している。なにしろ一年ぶりにゴルフボールと向き合うのだ。期待と不安が交差点ごとにすれ違う。四十年まえ、伊豆のゴルフコースでデビュー前夜の、温泉旅館の布団の中で抱きしめ、持て余した、あの興奮を思い出す。

菜の花団地を抜け、県道を十分も走れば練習場だ。気持ちがうわッすべりする。信号無視しかねないぞ。ちょっと頭を冷やそう、とウインドウを開ける。風といっしょに霞町小学校の校庭から子どもたちの甲高い声が飛び込んでくる。気を引きしめて、小学校前の横断歩道をゆっくり横切る。

右も左も畑ばかりの街道を右折し、まだ蕾のつかない花畑を抜けると、一年まえと変わらぬ風景の中にゴルフ練習場はあった。杉木立を背景に、季節を忘れずマンサクと色濃い彼岸桜が匂うように咲いている。受け付けの小肥りの中年男も同じ顔つきで客をさばいている。似合わなかった制服も馴染んできたようだ。こだわる必要もなかったが、ふと丸谷の顔が目に浮かんで、わたしは二階の100番打席をオーダーした。

「そこは埋まってっす。となりの99番なら、すぐできますが、どうっすか？」

「ああ、99番でいいよ」

ドライバーをぶら下げて階段を駆け上がる。相変わらずの盛況だった。空いている打席がほんのわずかしかない。

100番打席には若い娘が入っていた。赤間さんのお嬢さんと同じ年頃だが、太めの、アスリートっぽいからだつき。よく日灼けしている。通路で念入りに準備運動をしながら、わたしは娘のゴルフを横目で眺めた。きっとレッスンプロ仕込みなのだろう、基本のしっかりした美しいスイングだ。ドライバーの飛距離はキャリーで一九〇ヤードほど。一年まえのわたしとほとんど変わらない。

その落下点を見つめているうちに、わたしは、にわかに「ふるえ」に襲われた。胴震いか、武者震いか、判然としない。数分後に運命の結果が出る、その緊張のせいであることは疑いないなかった。

そうだ。気づいて自動販売機に向かう。

小銭でポカリスエットを一本引き出す。キャップをひねり、冷たく甘ったるい液体をノドに流し込むと、「ふるえ」はぴたッと止まった。

ラジオ体操を終え、打席に入り、一年ぶりに百分間打ち放題のカードを機械に差し込む。鬼が出るか。蛇が出るか。穴からティーに載ったボールが顔を出す。肩慣らしに、ゆっくり、素振りする。

しかし、うじうじ。いじいじ。せこせこ。ぐずぐず。なかなかセットアップに入れない。スイングが変わったのはまちがいない。だが、丸谷のいう「よくないマッスル・メモリー」が頭をもたげ、もとの木阿弥になるのではあるまいか？

仕方ないから、もうひと口、ポカリスエットを飲む。こんどは本気で素振りする。

シュウーッ。

シュウッ。

ヒシュッ。

キヒュッ……。

その風切音に、100番打席の日灼け娘がふりかえった。

軽く会釈して、わたしはおもむろにセットアップに入る。気づいて、《こんにゃくスイング》でワッグルする。これが新しく身につけた、グリップに力を入れないための、わたしのルーチンだ。あとはひとつことしか考えない。

（ヘソよ、さあ、お仕事だ！）

「ふ、」と小さく息を吐く。

振った。

いままで覚えのないスイートな打感。

だが、ボールの行方がわからない。

青空に、ぽっかりと白い雲が浮いているだけだ。

見ると日灼け娘がドライバーを杖にしてネットの方角を眺めている。彼女の視線の先には〔230〕の標識がある。ややあって、そのうしろのネットが小さく揺れ、白いボールがネットに沿って滑り落ちた。

「まさか、」と思う。いまこの練習場では二百人ほどが思い思いにボールを打ちまくっている。あれがわたしのボールであろうはずがない。

娘がわたしを見て、にっこり微笑んだ。

まなざしに驚嘆の色があふれている。わたしは「まさか、」と思う。

つぎの打球も、そのつぎの打球も、わたしは見失った。

これでは手の感触だけを頼りに半信半疑で打ちつづけるしかない。いつの間にか、娘が練習をやめ、籐の椅子に腰掛けてこっちを見ている。パンタロンの股を男のように広げ、その真ん中にドライバーを突き立て、グリップを両手で握っている。お行儀の悪いこと。

しかし、あきらかに何かしらを期待する目つき。

「すみませんが……、」

わたしは会釈して、娘に声をかけた。

「よろしかったら、私のボールを見ていていただけませんでしょうか……、齢をとって眼が悪くなったうえに、一年ぶりの練習場なもんで、ボールがどこへ飛んでゆくのか、ぜんぜんわからないんです」

「はい、」

と、日灼けの丸い目がまばたきする。そしていやに簡潔な質問をした。

「目標はどの標識ですか?」

「ヒョウシキ?」

わたしは、たちまち一年まえの実力にもどってしまう。

「とりあえず、あの200のあたり……」

あらためてセットアップする。娘に見られている緊張が、丸谷に見られている快い緊張に変わってゆく。ドライバーを一閃する。甘い感触。右目で赤い点の残像を確認する。ヘッドは一回転以上し、すでに打球方向を指している。正しい回転をした証拠だ。

「230のすこし上、250のちょっと下、」

娘が晴れがましい声で報告する。

「すごい。ランを入れれば二五〇ヤードはいっています」

わたしは眩暈を覚える。

信じられない。一年まえは〔200〕でさえおぼつかなかったゴルファーが〔230〕の標識を越えるドライバーショットを放ったのだ。

「ふるえ」が襲って来る。あきらかに「武者ぶるい」だ。

さて弾道はどうだったか？

――娘に尋ねようと、うしろをふり返り、わたしは立ちすくんだ。


いつやって来たのか。籐の椅子に丸谷が座っている。ジーンズに純白のポロ、その上にペパーミントグリーンのカーディガンという早春のいでたち。首にゆったり青と緑と紫のチェックのマフラーを巻いている。いったい何処に雲隠れしていたんですか？　恨みごとが口まで出かかる。丸谷は詫びるように何度もうなずき、長い髪をかき上げながら、うれしそうにいった。

「四十年間の夢が叶いましたね」

「……」

「妹尾さんは、もう昔の妹尾さんではありません。自信をもってゴルフを楽しんでくださ
い。でも、まいにちのドリルは欠かさないように。筋肉は付きにくく落ちやすい。筋肉は
もの覚えが悪く忘れっぽい、ですからね。ハハハ」
なんと明るい笑顔だろう。こんなにも晴れやかに笑う丸谷を見たのは初めてだ。
「ところで、レッスン料の百万円ですが、」
いたずらっぽく、わたしの目を見つめ、丸谷はつづけた。「僕の勝手でレッスンを打ち切
りました。僕の契約違反ですから、無料にしましょう。それでもというのであれば、植物
の絶滅種を守る研究機関に寄付してください」
花好きの丸谷らしい提案だった。
「……そろそろ野球場のシデコブシが咲く頃ですね。一年間、楽しませていただきました。
ありがとうございます。もうお会いすることもないでしょう。では人を待たせているので、
僕は此処で失礼します」
丸谷は立ち上がって、礼儀正しく頭を下げた。そして風に飛び乗るように出口へ向かっ
た。長髪が早春の光をはらんで揺れていた。わたしは丸谷のうしろ姿を目で追いながら、
ぼんやり立ち尽くした。
「もう一発。こんどは２５０の上にぶち当てましょう！」

娘の荒っぽい掛け声で、わたしは我に帰った。

その夜、わたしは安宅さんにメールを送ることにした。送らなければいられなかった。なにしろ夢の二五〇ヤードを達成したのだ。ひかえ目に、慎ましやかに、物静かに、謙虚に報告しようと思うのだけれど、文面がつい派手に、大げさに、自慢げに傾いてしまう。何度書き直しても、いつの間にか高慢ちきな、ふんぞり返ったものになってしまう。電子の文字だから何度でも書き直せるが、便箋だったら五十枚は（クシャクシャに）丸められ、ゴミ箱行きになっていただろう。結局、五時間かけ、最後は広告のキャッチフレーズのように短いものになった。

安宅オサム様

やりました。ついに二五〇ヤードです。

妹尾由比古拝

さっそく、安宅さんからメールで返事が来る。

妹尾由比古様

二五〇ヤード達成おめでとう。心より祝福申します。これで吉良くんを叩きのめせると思うとなんともいえぬ気ぶんです。しかし正直なところ私はまだ信じられません。君が「開眼した！」という報告を寄こしたのは、君は覚えていないでしょうが、これで三十四回目です。そのたびにわれわれは口ほどでもない君の開眼を目の当たりにしてきましたからね。それを考えると半信半疑にならざるを得ないのですよ。とにかく一日でも早くこの目でその二五〇ヤードショットとやらを目にしてみたいものです。次回の恋之坂はどうでしょうか。一番ホールでその豪打を披露してくださいな。かりに結果が二〇〇ヤードであってもわれわれは君を誇ったりはしません。その齢で二五〇ヤードに挑戦した情熱と一年間の奮闘努力をだれが笑えましょうか。君の人格に傷がつくようなことはいささかもありませんから。

要は、安宅さんは、わたしの報告を話し半分にしか受け取っていない。だが万に一つということもある、と考えたのだろう。ここから先はジャンボ宝くじ三億円を当てた男に宛てたような文面になって行く。

でも、もし本当に二五〇ヤード飛んだとしたらそれはたいへんなことです。君には幸福とともに新しい試練が待ち受けることになります。人間得がたい幸運を手にすると本性が露わになるものです。慢心し、傲慢になってゆく、そんなケースをわたしは何人も何度も見てきました。ありえないことだと思いますが、何時いかなるときに君が吉良ケンジにならないともかぎりません。君にそのつもりはなくても周囲にはそう見えてくる――この事実を胸にとどめおくことが肝要です。たとえば君より五〇ヤードうしろから第二打を打つ（われわれの）気持ちをけっして忘れないこと。われわれには君の「ナイスショット！」の褒めことばは嘲りに聞こえ、君のなにげない欠伸でさえ、ひとを見下した態度に見えかねないのです。まったくもって人の上に立つとは厄介なことです。とはいえ二五〇ヤード達成は歴史的快挙です。われわれ百人が束になってかかっても手の届かなかった夢ですから。あらためておめでとうと申し上げます。おしまいに何びとかの一首をもってお祝い（ならびにお節介な戒め）といたします。こころこそこころ惑はすこころなり　こころの駒に手綱許すな

安宅オサム拝

つくづくもって安宅さんのおっしゃるとおりだ。

「はしゃぐな、はしゃぐな」と自分にいい聞かせても、そばから浮き立ってくる。みんなの驚く顔が目に浮かんでくる。わざとらしく、なにごともなかったように、無言でティーを拾い上げる自分がいる。みんなの賞賛に、これもじつにわざとらしく無表情でティイング・グラウンドを降りる自分が見える。へりくだればへりくだるほど、高慢が肩から、背から、目から、鼻先から匂って出る。これはいったいどうしたものか？

あのあと、練習場で、わたしは（日灼け娘に気合いを入れられながら）百五十発ほど打った。左右にぶれるショットもあるが、打球はほぼ〔２５０〕の標識に集中した。一球打つごとに自信は確信に変わっていく。だが、途中でひとつ気になることを思い出し、娘にチェックをお願いした。

「インパクトで左カカトが上がっているかどうか、見てくれますか……」

そのときにかぎって、わたしは——意識的に——ヘソに渾身の力を込めてスイングした。

「しっかり着いていています」

「でも、上がっていないといけないんですか？　カカト……」

「いや、」と、わたしは空を見上げた。

ついに丸谷次郎の評した「最悪」は脱したらしい。歓びで胸が張り裂けそうだ。

エピローグ

ポルシェ911カレラが練習場を走り出た。空冷の乾いたエンジン音が早春の空気を震わす。銀色のボディが日差しを反射しながら県道を左折する。運転しているのは丸谷次郎。助手席には、老人だがたくましい男が窮屈そうに身を沈めている。老人は真っ黒なサングラスを掛けている。レイバンのアビエーターだ。会話は英語だった。

「どうかね。モノになりそうかね、あの劣等生は？」

「なんとか……。あの齢で一年間よく頑張ったと思います」

「肝心なときに先生が雲隠れして、だいじょうぶだったのかね？」

「かれは、ボールを芯でとらえる感覚は優れているんです。なにしろ四十年のキャリアですから」

「先生もよく頑張った」

「はあ、」

「あんな年寄りを、よくあそこまで鍛えあげたもんだ」

「なにか特別な目的でもあったのかい？」

ポルシェは県道を抜け、片側二車線の国道に入る。そしてミズスマシのように追い越し車線に滑り込み、マイクロバスのうしろについた。車体いちめんに愛らしい仔犬と、仔猫と、たくさんの花が描かれた幼稚園児送迎用バスだ。

「かれは、僕の兄なんです」

「……？」

「双子の兄だったんです」

レイバンは丸谷次郎の横顔を穴のあくほど見つめる。丸谷次郎はマイクロバスののんびりした挙動に調子を合わせつつ、話しつづける。

「僕の、いいえ、僕らの父親は、僕らの生まれるまえに戦死しました。一九四二年六月のミッドウエイの海戦です。母が僕らを出産したのは、戦死公報の届いたふた月後だったそうです。もともと病弱なうえに、双子とは想像すらしていなかったのでしょう。四月には東京に空襲があり、戦況はますますひどくなってゆく。一人取り残された母は、きっぱり決断し、兄を里子に出すことにしました。たまたま生まれたばかりの赤子を亡くし、乳の張った母親がとなり町にいたのです。産婆さんが仲立ちをしてくれたのですが、母の希望で里親がどこの誰とも知らされず、三日のあいだ母の乳を飲んだだけで、兄はそこに引き取られていったそうです」

マイクロバスの後席で、はしゃぐ男の子がいる。

こちらを見てあっかんべをする。

若い女の保育士が立ち上がって、その子をシートに縛りつけようとあせる。

「死の間際に、僕は母から初めてこの事実を知らされました……」

丸谷は男の子に右手を振る。

もみじのような手が向こうで振りかえされる。

「僕が二十一歳のときです。ひとりっ子なのに、名前が次郎である理由もこのとき初めて知りました。天涯孤独でないことがわかった、あのときの喜びは言葉にできません。手がかりは〈となり町のさほど裕福でない家〉と、母の語った『一卵性双生児で、右脇腹の痣までおまえといっしょだった、』のひとことです。双子なら自分を探すようなものだ、かんたんに見つかる。そう思ってとなり町をほっつき歩きました。輪を広げてそのとなり町まで。それでも駄目。そのうち齢が齢ですからね。日々、生活の誘惑に明け暮れて、兄の存在をすっかり忘れてしまいました。戦死した父が幾ばくかの資産を残していたので、暮らし向きは困りません。大学の研究室で好きな勉強をし、そのうちゴルフに明け暮れるようになりました」

マイクロバスが交差点を右折する。

運転しているのは五十がらみのおばさんだ。

前方が開けるが、丸谷は加速しない。

「兄が妹尾由比古であることを知ったのは、まったくの偶然です。僕が準備のために、カリフォルニアから日本に帰国した三十九歳の秋でした。レッスンに役立つ情報でもあろうかと、とあるゴルフ学会に顔を出したのです。こんな悠長な学会があるのは日本だけでしょうが、講演の翌日に参加者――ほとんどが大学の教授、准教授といったところ――全員でワンラウンドするというのにも驚きました。このとき、ラウンド後の風呂場で、同じ年頃の、右脇腹に痣のある男に出会ったのです。手のひらほどの大きさの、桜の花びらに似た、僕とそっくりな……。あわてて事務局に飛んで行き、学会員名簿を見せてもらいました」

三百メートルほど先に、ハイウエイの入口が見えてくる。丸谷はシグナルを出し、すばやく車線を左に変更する。

「妹尾由比古、昭和十七年八月三十日生まれ……。雷に撃たれても、僕はあれほどのシヨックは受けないと思います。一卵性双生児とはいえ、三十九年の暮らしの違いが幾層にも重なって実物はまったく他人でした。けれど写真は人間の深層を写し出すのでしょうか、名簿に糊づけされたそれは、自分を見るようでした。広告会社勤務。学会での研究課題は〔レッスンに於ける用語とコミュニケーション問題について〕。事務局員に尋ねると、某ゴルフ用品メーカーの広告制作を担当するコピーライターだとか。そのために、わざわざ高い年会費を払って学会員になっている容子でした」

高速道路に入っても、ポルシェはスピードを上げない。農家の主婦の運転する軽トラックのうしろを、時速八十キロでのろのろと走りつづける。

「名簿の住所をアタマに叩き込み、僕は区役所の戸籍課に飛んで行きました。かれが兄なら本籍は文京区表町界隈にあるはず、と考えたのです」

「……筆頭者、妹尾由比古。謄本に書かれた本籍は文京区柳町――。間違いなくとなり町です。DNAの助けを借りるまでもなく、かれこそ双子の兄だ、と僕は確信しました。そして日曜ごとに千葉のかれの自宅の周辺をうろうろし、明日名乗り出ようか、明後日にしようかと思い悩んでいる矢先に、バリーから至急にアメリカに戻れ、新しいゴルフスクールでレッスンを受け持ってくれと国際電話が入ったのです」

助手席のレイバンが大きな溜息を漏らす。

「そして、カリフォルニアに着いたその日に、出迎えたキーラとあの銃乱射事件に巻き込まれました。空港前の道路に薄汚れたダッツンが停車していて、その荷台の上から、メキシコ系の若い男がいきなり自動小銃の銃口を左右に振ったのです。次の瞬間、わたしは入口のガラス・ドアに弾き飛ばされていました。駈け寄ろうとするキーラに『来るな！』『伏せろ！』と叫ぶのが、力の限界でした」

レイバンの頬をつたって涙が流れ落ちてくる。老人はそれを拭おうともしない。丸谷は右腕で老人の肩を抱き、明るい声で話しつづける。

「誰の責任でもありません。あれがキーラと僕の運命なんです」

「……」

「思えば、こんな幸せな一年はありませんでした。僕にとって、レッスンは、兄とのキャッチボールだったんです。子どものときにできなかったキャッチボールを兄弟でしていたんです。だから、まいにち練習が楽しくてしかたなかった。これも……あなたに徹底的にしごかれたおかげです。いくら感謝しても感謝し足りません」

「……」

助手席の老人がレイバンのつるに指を掛け、ゆっくり外した。右の頬にトカゲに似た火傷がある。二の腕には三つの傷。涙はまだ止まらない。カリフォルニアの太陽で日灼けしたロリ爺さんだった。

四月の恋之坂カントリークラブは桜が美しい。

とりわけ、染井吉野が咲き誇ったあとに開花する枝垂れ桜があでやかだ。色濃い桃色の枝が春風に揺れる中、助手席に安宅さんを乗せて、わたしのプリウスは到着した。安宅さんと道具一式を玄関で下ろし、そのまま駐車場に向かう。

ばったり、吉良と出会った。

「よッ。スター登場、」

挨拶より先に、吉良は嫌みをいった。

「二五〇ヤードのお披露目、楽しみにしていますよ」

「ははは、頑張ってみましょう」

わたしは余裕のある返事をかえす。そしてクラブハウスに向かって歩きながら、ふと思い出し、キツネ顔に質問した。

「きみは、バリー・マクマハンを知っているよね?」

「もちろん。ぼくのゴルフの先生だ。先だってこの大会に特別参加して60台でラウンドしてゆきましたよ。バリーがどうかしたの?」

「じつは、私の教わったレッスンプロがバリーの知り合いでね。というより、アメリカでふたりは師弟関係にあったらしい」

「なんという人よ？」

「マルタニジロウ。われわれと同い齢の男だ。小耳に挟んだことはないかね？」

「ないね。しかし奇遇だな。機会があったらバリーに訊いておこう」

「頼むよ」

「……ということは、きょうはその弟子同士の対決というわけだ。これは本気でかからないといけないぜ」

吉良は長い舌で口の端から端へ——キツネのように——くちびるをひと舐めすると、わっはっは、と自信たっぷりに笑った。


恋之坂カントリークラブ・麦山コース・一番ホール。

なだらかに下る、広いフェアウエイ。左右は林に囲まれた下り斜面だが、緊張を強いるほどではない。きょう一日こころゆくまでゴルフをお楽しみでくださいな。そういってプレーヤーを優しく出迎える、じつに平和なパー4だ。

ティイング・グラウンドには、咲き終えた染井吉野が薄桃色の花びらを散り敷いている。

同伴競技者の吉良はじめ、大会の参加者が好奇心あふれるまなざしでわたしを見ている。わたしは齢若いキャディの差し出したドライバーを丁重に断わり、おもむろにバッグから4番アイアンを引き抜いた。

「あれ、」と、周囲に失望の溜息が流れる。

吉良が大声を上げる。

「せっかくみなさんが期待しているのに、アイアンはないんじゃないのオ、妹尾ちゃん」

「いやいや。一年ぶりのコースで自信がないもので……」

軽く会釈し、わたしはセットアップ。

こんにゃくスイングのワッグルをし、慎重にエイムする。きょうは左グリーンだ。狙いはフェアウエイ右サイド。あとはクラブヘッドに仕事をさせるだけ。一秒、二秒、三秒。瞬間、甘い感触とともに、ティーからボールが消える。声にならない驚きが立ち込める。ボールは狙いどおり二〇〇ヤード地点に落下した。残り一五五ヤード。7番アイアンでいいだろう。

二番ホール。

「ぜったい右には打たないでください。隣のホールから崖を打ち上げるのはたいへんですから」とキャディが警告する癖のあるホール。やや打ち上げ、その先は平坦だが、距離もあってアマチュアには難しいパー4だ。

わたしは迷わずドライバーを握った。パーをとるには第二打を6番以下のアイアンで処理したい。距離のあるパー4のわりに、このホールのグリーンは（けっこう）難しく設計されているのだ。

「おや、こんどはドライバーですね、うふふ、」吉良があざける。

一閃したボールはフェアウエイのど真ん中。マウンドを越えた平坦部分までキャリーし、いちど跳ねて見えなくなった。そこからは打ち下ろし。予定どおり6番アイアンでグリーンセンターをとらえる。

三番ホール。

まっ平らのパー5。しかもフェアウエイは広く、甲子園のバッターボックスに立ってティショットするようなもの。目をつぶってドライバーを振ってもボールはフェアウエイか、悪くたってラフだ。第二打はスプーンで軽くさばき。第三打、残り一〇〇ヤードを（ピッチングウエッジで）どこまで寄せるかが、パーとバーディの分かれ目。

わたしは、ここで初めて目いっぱいの素振りをした。そして意識的にヒップの回転速度を早めスイングスピードを上げた。やや芯を外したか……。ボールはストレートの弾道でフェアウエイ左サイドへ。飛距離は二五〇前後。吉良ケンジが二番ホールのティイング・

グラウンドから口をきかなくなっている。快心のショットらしかったが、吉良のブリヂストンは、わたしのタイトリストの三〇ヤード後方で止まる。第二打でさらに距離が開き、吉良は一〇〇ヤードの、わたしは三五ヤードのアプローチとなる。

――結局、アウトを終えて、わたしのスコアは38。失敗は二つのパー3で。両ホールとも距離を読み違え、久しぶりの寄せに迷いと戸惑いが出て、ボギーを叩いた。

吉良は47と大叩き。最終ホールまでむっつり右門と化し、食堂のテーブルに着いて、やっと重い口を開いた。

「東京電力の株はいったいどうなるんだ?」

楽しいゴルフにふさわしからぬ生臭い話柄が、同じテーブルの三人に無視されたことはいうまでもない。

「あの株には年金基金が大量投入されているんだぜ。いずれ、うちらの年金にも影響が出るんじゃないか。ねえ?」

完全に打ちのめされ、吉良のキツネ顔がさらに尖がってゆく。

こうして四月の恋之坂は、わたしのグロス75――ハンデキャップが24だから――ネット51という、あるまじき優勝スコアで終わった。次回のわたしのハンデは21ストローク削られて、３となった。

パーティ会場の話題はわたしに集中する。どうすればそんなに巧くなるのかね……。根掘り葉掘り。最初から最後まで――むっつり右門の吉良を除き――全員がその関連質問に終始した。

「いったい、どんなレッスンプロなんだ？」

「なに、君と同い齢？」

「よければ、一度この会に参加してもらえないか、」

希望は衆議一決した――。


こうなることは予想できたのだ。書斎でマツイのバットを振りながら、わたしは反省する。それにこの良い調子がいつまでも続くとはかぎらないし。あの日、練習場で、丸谷に連絡先だけでも聞いておくべきだった。

いまとなっては、丸谷に到達する手段は一つしか考えられない。バリー・マクマハンだけだ。かれなら丸谷の居所を知っているはず。それに期待をかけるほかない。だが、吉良を仲立ちにはできない。いくらなんでも、弟子対決であれほど叩きのめしてしまってはな。

……そうかインターネットだ、と気づくのに三日かかった。

バリーはゴルフスクールの校長だった。もしかしたらスクールのホームページに載っているかもしれない。ともかくBarry Mcmahan / golf schoolで検索してみよう。

追い風はつづいていた。

そのホームページは、時を措かずコンピューター画面にあらわれた。

カリフォルニアのオレンジカウンティに、バリー・ゴルフスクールがあった。バリー・マクマハンはすでにファウンダーとなり、校長以下レッスンプロだけで七名。スクールの出身者には、USPGAで見かけるスター選手が何人もいた。校是は「すべては素振りからはじまる」とある。「忍耐力なき者は去れ」ともある。わたしは丸谷といっしょに汗を流した九ヵ月を思い出す。

和英辞典を引き引き、バリー・マクマハン宛に手紙を書いた。

三週間後に、返事が届いた。二十行に満たない短い文面だった。

こんどは英和辞典を片手に読む。しかし内容は腑に落ちないことばかり。文章の中頃に「彼は死んだ、」と書かれている。一九八一年十月、「狂人の自動小銃で。愛する妻とともに」と補足してある。いったいどういうことだ。冗談にもほどがあろう。ひと月まえにわたしは丸谷と練習場で別れたばかりだ。

バリーのサインのあとに追伸があった。その二行を読んで、指でなぞるように三度読み直して、わたしは書斎の窓を開け放つと、西の空に浮かぶひとひらの雲を見つめつづけた。

――マルターニの魂は、父上、母上、ならびに妻キーラとともに小石川の伝通院で安らいでいる。機会があれば、ぜひ会いに行っていただきたい。

（了）

参考にした資料ならびに書籍――

『ゴルフが好き――岡本綾子の生き方』（海老沢泰久著　毎日新聞社）
『ベン・ホーガン／ファイブレッスン』（ゴルフダイジェスト社）
『走ることについて語るときに僕の語ること』（村上春樹著　新潮社）
『馬鹿について』（ホルスト・ガイヤー著、満田寿敏他訳　創元社）
その他、各種「レッスン書・誌」ならびに「ティーチング・マニュアル」

筆者あとがき

　きょうも、筆者の行く練習場は、ほぼ満席である。平日だから、客のほとんどが定年退職したサラリーマンか、近在の農家のおじさん、けっしてヒマを無駄づかいしないアグレッシブな主婦のみなさんだ。ベースボールキャップをかぶり、派手なポロシャツを着て、見かけは若いが、ズームアップすればたいがい顔じゅう皺だらけ、手の甲はシミだらけ。髪の毛はまばらで艶がない。それでもみんな、自分なりの練習にはげんでいる。色とりどりの向上心が色とりどりのクラブを振り回している。

　前方のネットに二三〇ヤードの看板が立っている。そこまで飛ばそう、と必死の形相で試打用ドライバーを振りまわす肥満体は、ねちっこいAタイプ。

　おろしたてのユーティリティクラブで、一五〇ヤードの砲台グリーンを狙い、ボールがエッジでワンバウンドして載ると恵比寿さんのごとくにっこりするのは、達観したBタイプだ。前の打席で、仁王のごとき巨漢が9番アイアンで同じ砲台に（ぽんぽん）載せていたって、われ関せずだ。

さらにBタイプのうしろで、先生の教えどおりアタマを上げず五〇ヤードのピンに向かってウエッジを振りつづけるおばさんは、まだ夢いっぱいのCタイプといってよいだろう。共通するのは、誰もが自分の世界に没頭し、一心不乱なこと。まさに求道者の集まり。いつしか白いボールが、姿を変えた経典に見えてくる。

だがその静謐が、にわかに波立つときがある。

若者が一人混じったときだ。若者はキャディバッグからおもむろにドライバーを引き抜くと、しなやかな身体で素振りをし、セットアップすると、何にも考えず――筆者の目にはそうとしか映らない――テイクバックし、ものすごい早さでドライバーヘッドを振りぬく。違うのはスイングスピードと打球音だけではない。ボール（ご存知のように練習場のボールは一割か、二割かた飛距離が出ないようにできている）は、曇り空を切り裂いて、ずっと先の、250と書いてあるネットの最上段に突き刺さる。

A・B・C三タイプの老人たちは呆然とし、やがてどよめく。驚きと羨望をまるだしにした、これはおばさんたちの賞賛の瞳。もうひとつは「昔は俺だって、」と羨望にやや悲哀の入り混じった親父たちのまなざし。残りは「ゴルフは飛ばせばよいってもんじゃないぜ」と、嫉妬と、憎しみと、老人の皮肉がごっちゃになった複雑な目だ。

筆者の放つ視線はいうまでもない。三番目だ。そしてこのときばかりは、練習が「遊び」でなくなる。老いぼれたヘビが巨大な蝦蟇の出現に驚いたように、忘れかけていた戦闘意欲が鎌首をもたげる。若者の絵に描いたような逆C型のスイングを真似、ドライバーを強振する。より遠くへ、もっと遠くへ。だがボールは――どういうわけか――二〇〇ヤードの看板を絶対に越えようとしない。手のひらに快感を残した痛烈なショットをしてさえ、看板のずっと手前でだらしなくバウンドして見せる。

「くだらん、ゴルフなんかやめよう」そう思う一瞬だ。

けれど、筆者は駐車場の車にもどるころは立ち直っている。落胆はしても絶望はしない。明日を見ろ、と空を見上げる。やっぱり性分としかいいようがない。

むろん世の中には、筆者と正反対の人もいる。

安宅オサムさんのモデルになっていただいた富樫修さんご夫妻は、その典型だろう。とくに富樫夫人の練習場嫌いは徹底している。「練習するくらいならゴルフなんかしないわよ」とはっきりおっしゃる。気の毒に旦那さまに付き合って、嫌々クラブを握らされているに違いない――と思うと、そうでもないらしい。ご近所の奥さんたちでグループをつくり、インターネットで「昼食つき・ワンラウンド六千円」のパックを見つけて、古いメルセデスCにおんな四人が同乗して、遠方のコースに出掛けて行く。それなりにゴルフを愉しみ、愛していらっしゃるのだ。

スコアにはまったくこだわりがない。何度か夫妻とごいっしょしたことがあるが、富樫夫人には「ゴルフはスコアを競うゲームだ」という認識——あるいは自覚——がない。100叩こうが、150叩こうが、きょう一日を楽しく、さわやかな林間で過ごせれば素敵じゃないの、という顔つきでいらっしゃる。ティショットは一五〇ヤード。曲がらずに飛ぶ。第二打以降はグリーンに近づくまでは（コンコンと）フェアウエイウッドで刻みつづけ、五、六〇ヤードの微妙な距離もピッチングウエッジでじつに上手にグリーンオンする。ただしバンカーショットがやや苦手。いずれにしてもティショット以外、最初に打つのは自分だと心得ているから、プレーが早い。

富樫夫人はセットアップすると、いきなりショットをする。ティショットであろうと、パットであろうと、素振りというものをいっさいしない。それを見て、筆者は初めて気がついた。考えてみたら「素振りも練習のひとつ」なのだ。以来、すたすたとボールに近づき、ぱッとアドレスする富樫夫人の後姿からこんな言葉が聞こえてくるようになった。「貴重な向上心をゴルフに使うなんてもったいないわ。人生には向上心を使う世界が他にたくさんあるんだから……」

ごもっとも。タイプDの人である。

それにしても、こんなに練習場のあるスポーツを、筆者は他に思いつかない。少なくとも、入場料をとって練習させる私営の「野球専用練習場」や「サッカー専用練習場」を筆者は見たことがない。寡聞にして英国やスコットランドは知らないが、アメリカではドライビングレンジは映画やTVドラマの舞台になるくらい日常的だし、ゴルフ後進国といわれるフランスでさえ、娘の住まっているパリ郊外の街の近くには、打ちっぱなしの大きなゴルフ練習場があった。JGAの発表によれば、二〇〇一年（古い記録で申しわけない）の日本には、練習場施設——練習場という意味だろう——が、四、七八五箇所もある。ゴルフコースの、ほぼ倍の数だ。

なぜか——？

〈ゴルフは練習場を必要とするスポーツだから〉

これが、筆者の結論である。

ご承知のとおり、ゴルフは——少なくとも我が日本では——打ったボールがほどほどに狙った方向へ飛ばないかぎり、コースでプレーすることが許されない、きわめて差別的なゲームである。テニスはラケットとシューズさえ購入すれば（とりあえず）コートに出られるが、ゴルフはそうはいかない。クラブとシューズを買ってもコースには出られない。まずじゅうぶんな練習が義務づけられている。しかしこの都会のどこに、ボールを二〇〇ヤードも飛ばして近所迷惑にならない空間があろうか。公園に行けば、必ず「ゴルフ危険禁止！」の立て札が肩をいからせている。たかが素振りですら、野球やサッカーのように空き地を見つけてやる、というわけにはいかないのだ。いや、空間だけの問題ではない。かりにあなたが地方の大牧場で優雅に暮らしていたとしよう。此処なら三〇〇ヤードのショットも心おきなく打てる。が、打ったボールをどうするか。ヘボほどボールはあらぬ方向に飛んでゆく。拾い集めるのはひと苦労（どころ）ではない。どうしたって専用の練習場が必要になろうというものだ。

もうひとつは〈ゴルフは、スイングするだけの球技だから〉

ゴルフは、ボールを打ってから全力疾走するわけでも、走りながらボールを打つわけでも、まして相手とボールを打ち合うわけでもない。（ボールをトスするのは、キャディさんに汚れを拭いてもらうときだけだ）。これをビジネスの視点で見ると、ゴルフの練習には一人ぶんのスイングスペース（四平米強）さえ用意すればよい、という利点が浮上してくる。あとはすべて空き地でよい。適当に広い土地さえあれば――ネットを張ったり、標識を立てたり、ボールやマットを用意したり、多少の設備投資は必要だが――練習場はたちまち完成し、翌日から客を呼べる。

というわけで、ゴルフ人口の増加とともに練習場は増えつづけた。地方の土地持ち――彼らはたいていゴルフが道楽でシングルプレーヤーだったりする――は競って遊休地を練習場につくり変えていった。その結果、二〇〇〇年のピーク時には、五、四二〇箇所のゴルフ練習場が看板を掲げ、延べ一億五千万人の日本人がせっせと練習にはげむことになった（前出のＪＧＡ発表）。ところが突如押し寄せた不景気で、翌年には（いっきに）延べ四千万人の客が減ってしまう。一練習場あたりにすれば、年間七千人の減少だ。練習場そのものも一割以上が廃業の憂き目にあう。しかもＪＧＡの分析によれば、練習場に来なくなったほとんどが、若年層、いわゆるゴルフ予備軍だったらしい。「このままではゴルフの将来は危うい」「ゴルフは老人スポーツに堕してしまう」「困った」ＪＧＡはもちろん、すべてのゴルフ用品メーカーが悩み、真剣に対処法を考えたのも当然だろう。

そしていま、長いトンネルを抜け、宮里藍ちゃんなど女子プロ人気と石川遼くんの登場で、練習場にも若さが舞い戻って来た（ような気がしないでもない）。松山君もＰＧＡで頑張っている。筆者の行きつけの練習場のジュニアゴルフスクールは盛況だし、週末は若いカップルがビデオカメラでスイングを撮り合う風景も日常的になった。この先どうなるかは知らないが……。

筆者の通うゴルフ練習場に、一風変わった青年が一人来ている。青年といっても三十をだいぶ越えているようすだが、平日の昼間にもかかわらず（少なくとも筆者の行ったときは必ず）来場している。地元の農家の倅か、土地持ちのドラ息子か、あるいはタクシー運転手で夜の仕事でもしているのか。身なりの悪くないまじめそうな青年で、いつも二階の端っこの打席に陣どり、自分のスイングを大きなミラーに映しつつ、真剣にボールを叩いている。

筆者が初めて彼を見たのは二年ほどまえ、たまたま受付で割り振られたのが、彼の真うしろ、端から二番目の打席だった。真新しい（プロ用）キャディバックに目を惹かれ、ドライバーを引き抜くその持ち主に興味を持ち、しかしそのスイングを目の当たりにして、あまりのひどさに愕然としたのだ。

スタンスからして（これからスクワットでもするのかと思うくらいの）ガニマタ。クラブを短く（小さい子どもが野球のバットを握るように）七センチほど余して持ち、（コクンと）手首を折り、両肘を（ひょいと）たたみ、鍬をかつぐように（ヨイショと）真うしろに上げ、上体をやや右に（くきッと）ひねり、その体勢から膝を（ふにゃりと）極端に折り曲げて、手首だけで（ボールをヒシャクですくうように）振るのだ。フィニッシュは

（謀ったように）鍬かつぎの逆。あきらかに変則。異様な自己流。筆者はこれでも正確に描写したつもりだが、要するに「真似してみろ」といわれても真似できない、そんなスイングと理解されたい。

当然のことだが、ボールはふつうに飛ばない。アイアンショットはボールがふわッと（ミケルソンのロブショットのように）空中に舞い上がり、五〇ヤードも行かない。あるいはトップ。それもスイングスピードが極端に遅いから、ボールは二階から地上の芝に（突き刺さるように）落下するだけ。

ははは、生まれて初めてのゴルフだな。「毎日ぶらぶらしていちゃからだによくない、ゴルフでもやったらどうだ、おまえ、」きっとおふくろさんか、嫁さんにそういわれたんだろ。ははは。君はゴルフ雑誌なんか読んだこともなさそうだな。ゴルフはやっぱり勉強しなきゃ。ははは。でも、いずれはまともなスイングを覚えて、わたしよりずっと遠くへ飛ばすようになるのだろう。ははは。このヤロメ。

……ところが二年たっても、青年の自己流はいっこうに治らない。鍬を担ぐようなスタイルはまったく同じ。相変わらずボールをヒシャクですくっている。変化したのはショットの精度が高くなったのと、スイングスピードが上がったことだけ。だから、ティショットは大きく右にスライスしながらも、二〇〇ヤードを（つまり筆者を）少し越える。アイアンも強いスライス系のボールを（そこそこに）飛ばす。ただショートアイアンだけが、例によってふわりと空中に上がって飛距離が計算できない。真剣に、黙々と、鏡と対話しながら打ちつづける練習スタイルも二年まえと変わるところがない。

いちど顔見知りらしい禿げ頭が、青年に声をかけたことがある。あきらかに100は叩きそうな腕前のオヤジだったが、見るに見かねたのだろう、「いつも、どの辺のコースに行くの？」などと世間話をしつつ、ああしろ、こうしろ、ああだ、こうだと、自分の身体を捻り、腕を伸ばして青年にアドバイスをする。青年はその都度、つくり笑いで儀礼的にうなずく。しかしスイングは微塵も変化しない。あきらめたオヤジは自分の打席にもどり、さっき青年にアドバイスしたポイントを再確認するように（首をひねりながら）ボールと格闘しはじめる。

こういう青年を見たとき、人はどのように考えるのだろうか。「あいつは馬鹿だ、」が三分の一。「自分の意思を貫く一徹者だ、」が三分の一。残りの三分の一が「他人はどうでもいいさ、」だろう。筆者はといえば、青年のうしろ姿に四十年間の我が身を重ね合わせ（ただ）溜息をつくばかりだった。

それにしても、ゴルフくらいレッスンのはびこるゲームもない。

昨日までレッスンプロにアドレスの方法を教わっていたヘボが、今日は臆面もなく、もっとヘボに講釈している。この日常的な光景は——福沢諭吉がなんと反論しようとも——人は人の上に立ちたがる証明にほかならない。山本夏彦によれば、古人は「人の患いは人の師となるを好むにあり」といっているらしい。ゴルフの特殊性を語るこれほどの好例もない。

ティショットひとつとっても、レッスンポイントは数え切れない。プロの数だけレッスン方法がある、と思うほど世にはびこっている。グリップからはじまり、セットアップ、テイクバック、トップ、ダウンスイング、インパクト、リリース、フォロースルー、フィニッシュ……。

たった一・何秒かで完了するクラブのひと振りはこうして切り刻まれ、しかもそれぞれの部位に、それぞれ数かぎりない教え——たとえば「トップ」は「グリップを右耳の位置に」「ざるそばの蒸籠を蕎麦屋がかつぐように」「左腕をできるだけ伸ばして」「左手の甲がクラブフェイスと同じ面を向くように」「クラブシャフトが水平になるように」「花笠音頭を踊るように」「云々」——が引っついている。

グリップも、いわくインターロッキング、オーバーラッピング、ベースボールグリップ、さらにフックグリップ、スクエアグリップ、ウイークグリップと、筆者の知る限り六つもである。掛け合わせると九種類のグリップが生まれる計算だが、ここまでくると「好き勝手で構わん」というに等しい。

筆者は野球少年だったからバッティングについてはそれなりに勉強してきたつもりだ。だが、バッティング理論とか、バッティングのレッスンとかをまとめた本は、読むどころか、見たこともない。(月刊少年倶楽部の付録にあったような気もするが)、いま町の書店で目を皿にして探したって、一冊も見つからないのではないか。

バッティングは、ストライクゾーンに投げ込まれる——しかも投手は打たせまいとして投げる——さまざまなボールを反射的に打ち返す技術だ。インコースもあれば、アウトコースもある。それも高め、低めのストレート、カーブもあれば、シュートもあり、最近はツーシームとかのタチの悪いボールすらある。(ティショットのように、ティーに行儀よく座って、ぶっ叩かれるのを待っているボールとは、わけが違うのだ)。本来なら、インコースの打ち方、カーブのバットさばき、シュートの弾きかえし方……と多様なレッスンがあってしかるべきだろう。少なくともプロ野球選手は将来のメジャーリーガーである少年たちにやさしく解いて教える責任と義務がある。だのに、『長嶋茂雄の感覚的バッティング技術』というベストセラーはないし、王貞治の『ホームランの打ち方』もないし、イチローの『振り子打法のすべて』もない。いっぽうゴルフのレッスン書は、書店の棚からはみ出すくらいに並んでいる。キオスクのスタンドには、毎週三、四種類のゴルフ週刊誌が突っ込まれている。中にはゴルフ・コミックすらある。この差はどこから生じるのか？

「需要と供給の関係に過ぎない。ゴルフには大量のレッスン需要があるから、大量のレッスン供給があるだけさ」

かつて証券会社の総合研究所に勤めていた親友のMが、あっさりと答えてくれた。なるほどナ。しかもこれは日本のみの現象ではないらしい。ゴルフ先進国のアメリカでは日本以上。印刷媒体だけではこと足りず、映像メディアまで駆使して――CS放送開始とともにゴルフ専用チャンネルがいくつも開局した――大衆のレッスン需要に応えている。

「じゃあ、なんでゴルフにばっかりレッスン需要があるんだい？」

Mの答えは明快だ。いささか論理にMの個人的感情が混入するが、気持ちは分からないでもない。以下がその要旨だ。

ゴルフは、ただ一人黙々とボールを打ち、穴に入れ、ストロークの数を競うだけのゲームだ。スイングの美しさやショットの難度が――フィギアスケートのように――審判員の目でスコアになることもなく、プレーのスピードやドライバーの飛距離で――陸上競技のように――勝負が決着することもない。まして――サッカーみたいに――対戦相手の隙をついてカップインすれば得点になる競技規則もない。ミスショット、ならびにミスパットは

——野球ならピッチャーの失投は打者の打ち損ないを期待できるが——百パーセント、ミスとなる。すべて自己責任。悪いのは自分だ。

しかるに、狙ったところに正しくボールが飛ぶ確率は、プロでさえ十回に一回あるか、無きかだ。九回は失敗。その成功した一回だって再現は難しいらしい。(テレビ局のインタヴューに答えて、なぜあんないいショットが出たのか自分でも分からない、と中島常幸プロが語っていた)。

ということは、アマチュアなら百回打てば、九十九回はミスショットだろう。これで自己嫌悪に陥らない人間がいたら、相当のジンブツか、相当のアホウだ。ところが人間は自己愛に満ち満ちているから、「そんなはずはない」「俺のスイングにまちがいはないはずだ」と、こっそりレッスン書をひもとくことになる。日本にはそうした悩める人びとが一五〇〇万人もいる。公共放送のNHKテレビがゴルフのレッスン番組を再放送するといっても、驚くに当たらないのだ。

また、その「開始年齢」も見逃すわけにいかない。

なにしろゴルフは、クラブだ、ボールだ、グリーンフィだ、コースまでの高速代や交通費だ、ときに会員権だ、年会費だ、と金がかかる。要は経済力に余裕がないとプレーできない。どうしたって初体験は遅くなる。平均開始年齢は三十歳がいいところだろう。すでに筋肉は柔軟性を失いはじめ、新しいスポーツに取り組むにはトウの立った齢だ。こうした「高齢初体験者」の共通点は、子どものように運動——スイング——を身に付けられないことだ。十歳の子どもは先生に教えられたことを素直に「はい」と聞き、素直に「はい」と実行し、やわらかい筋肉に正しい動きをインプリントしてゆくが、三十五歳の最高学府出はそうはいかない。まず頭の中に「ボールは身体の正面で捉えること」などと理論を仕込み、リクツを整理し、スイングを組み立て、そののちに適齢期を過ぎた筋肉で実行する。

結果はいうまでもないだろう。巧くいくはずがない。その挙句、おろかにも自分の能力でなく、スイング理論を疑う。納得できる理論は他にないものか。せっせと探しはじめる。書店のレッスン書に手が伸びるのは、時間の問題なのだ。

で、この本である。いちおう「小説」であるからして、ドリル内容はもっともらしく書かれている。だが——そんなことはないと信じるが——くれぐれも鵜呑みされないようお願いする。筆者なりに勉強し、スイングの原理・原則を踏み外してはいないつもりだが、これはあくまでフィクションであり、ファンタジーにすぎない。その点を（声を大にして）お断りしておく。

著者紹介

坊城 浩（ぼうじょう・ひろし）

1942 年東京生まれ。東京都立大学卒業。

コピーライターとして電通勤務。

著書:『猫のながし目』(2012 年、鳥影社)、『青春たまさか』(2014 年、鳥影社)

われに、二五〇ヤードを

二〇二三年四月二〇日初版第一刷印刷
二〇二三年五月一〇日初版第一刷発行
定価（本体一八〇〇円＋税）

著者　坊城 浩
発行者　樋口至宏
発行所　鳥影社・ロゴス企画
長野県諏訪市四賀二二九―一（編集室）
電話　〇二六六―五三―二九〇三
東京都新宿区西新宿三―五―一二―7F
電話　〇三―五九四八―六四七〇
印刷　モリモト印刷
製本　高地製本

乱丁・落丁はお取り替えいたします

ISBN 978-4-86782-021-6 C0093